AF462193

ASSAUT
D'ÉQUILIBRISME LITTÉRAIRE,

ÉPITRE A M. J. J.,

SUIVIE D'UNE

CRITIQUE DES DICTIONNAIRES

DE

Boiste, Laveaux, Napoléon Landais,
Noël et Chapsal, D. Chésurolles,
etc., etc.,

PAR M. LÉGER NOEL,

*Auteur d'*AMERTUMES ET CONSOLATIONS, *du* LIVRE DE TOUS, *etc. ; Membre de plusieurs Sociétés savantes et littéraires.*

1 FR. 50 C.

PARIS.
CHEZ PH. CORDIER, IMPRIMEUR-ÉDITEUR,
RUE DU PONCEAU, 24.

—

1843.

A MONSIEUR J. J.*

La rime est une esclave, et ne doit qu'obéir.
(BOILEAU.)

Tous les mots d'une langue, quels qu'ils soient, sont du domaine de la poésie, qui leur délivre à son gré des lettres de noblesse.
L. N.)

I

Donc, vous n'avez pas craint, prosateur malévole,
Journaliste hautain que j'ose défier,
Donc, vous n'avez pas craint d'insulter l'auréole
Du poëte sacré dont la voix nous console;
Qui, désertant pour nous la céleste coupole,
Vient rafraîchir la terre et la vivifier!

Vous l'avez outragé, lui simple et bénévole
Comme un pauvre écolier frais sorti de l'école;

(*) Le commencement de cette pièce a paru dans la *Wiener Zeitschrift* du 28 février dernier, sous ce titre : *Ein linguistisches Coriosum*, et avec ce petit préliminaire : In unserem Wien befindet sich seit einiger Zeit ein franzœsischer Schriftsteller, Hr. Léger Noël, der sich in seinem Vaterlande durch mehrere literarische Leistungen ehrenvoll bekannt gemacht hat, von denen besonders eine Sammlung von Gedichten unter dem Titel : « Amertumes et Consolations, » erwæhnt zu werden verdient. Diese Dichtungen, sæmmtlich ernsten, meist fromm-religiœsen Inhalts, haben in Frankreich eine sehr beyfællige Aufnahme gefunden, und sind auch von der kritik, wenigstens der besseren und ehrlichen, nach werdienst gewürdigt worden. Wenn sie von dem einen oder andern Tageskritiker minder günstig begrüsst worden, so spricht das vielleicht nur um so verlæsslicher für ihren Inhalt wie für ihren Werth. — Gegenwærtig beschæftigt sich unser Verfasser mit einem linguistischen Werkchen, dessen Aufgabe ist, eine der grœssten Schwierigkeiten der franzœsischen Sprache zu

Lui qui porte en sa main la branche d'olivier,
De paix et de bonheur mystérieux symbole!

Vous l'avez sous vos pieds fait plier comme un saule,
Lui, pauvre fleur qui s'étiole
Sous les exhalaisons de votre impur vivier;
Pauvre feuille dont vous brisez le pétiole!

Vous avez mis votre art à le mortifier,
A creuser ses douleurs, à les amplifier,
A lui faire épuiser l'épouvantable fiole
De vos sucs vénéneux, digne pharmacopole;
Sucs plus amers cent fois que le fruit du cafier,
Que nul ingrédient ne peut dulcifier,
Capable de dissoudre et de vitrifier!

Par un raffinement propre à stupéfier
Satan lui-même et ceux qu'à toute heure il enrôle,
Vous avez pris plaisir à diversifier,
Et peut-être osez-vous vous en glorifier,
Le supplice inouï d'un cœur qui se désole
De nous voir si méchants de l'un à l'autre pôle!

---

beseitigen, nemlich das Geschlecht der Hauptwœrter nach bestimmten und ausdrücklichen Regeln festzustellen. Das Werkchen, in der Ausarbeitung bereits fertig, wird mit Næchstem erscheinen, und gewiss Allen, die sich mit dem Studium der franzœsischen Sprache beschæftigen, willkommen und nützlich seyn. Wir fügen dieser vorlæufigen Anzeige den Anfang eines in dem Werkchen vorkommenden Gedichtes bey, das der Verfasser selbst für nichts anders als ein: Assaut d'Equilibrisme littéraire ausgibt, und das wir, unter dem obigen Titel, als ein drolliges, aber grosse Sprachgewandtheit verrathendes Kunststückchen mittheilen.

Das Ganze umfasst beynahe dreyhundert verse, die sæmtlich, ohne dass ein einziges Reimwort wiederholt würde, auf die Reime *ole* und *iez* ausgehen, also ein linguistisches tour de force-stück, das, wenigstens den Schwierigkeiten nach, Vozzen's einst berühmte « schwer gereimte Oden » weit überflügelt. Wir geben indessen nur den Anfang des Ganzen, das an einen leicht zu errathenden franzœsischen Kritiker gerichtet und, wie sich wohl von selbst versteht, mehr als scherzhafte Uebertreibung, denn als ernstlicher Angriff gemeint izt.

Vous avez trouvé beau de personnifier
En vous la fausseté, ce monstre qui cajole,
Et mord en même temps qu'il joue et batifole,
Copiant trait pour trait l'animal qui miaule !
Vous avez trouvé beau de vous tartufier
Comme un porteur juré de surplis et d'étole ;
De décrire toujours l'oblique parabole,
De jouer lâchement avec lui de bricole,
Au lieu de frapper droit, littéraire estafier !

Vous avez regardé comme une babiole
De le martyriser, de le crucifier
Sur l'infamant gibet de votre gloriole,
Et, comme un tendre agneau, de le sacrifier
Sur l'autel de l'orgueil, votre éternelle idole !

Ah ! vous avez osé vous identifier
        Avec cet exécrable rôle,
Et vous conduire ainsi, sans rien modifier,
En homme plein de morgue et qui de soi raffole !

Mais, baladin de style, indigne prosicole,
Dont l'esprit bat les champs et tantôt caracole,
Comme un cheval fougueux que gêne sa bricole,
Tantôt, comme un chevreau, bondit et cabriole,
Et contre le bon sens fait triple carambole,
Vous n'avez donc rien lu, vivante gaudriole,
Du livre que Dieu même est venu dédier
A l'homme pour l'aider à se sanctifier
Et le mettre à l'abri des vagues, comme un môle !

Votre âme ignore donc la divine parole,
Et n'a donc jamais bu l'eau de la parabole,
Puisque la Charité dans cette âme frivole
Ne trouve où se loger, pas le moindre alvéole !

O Zoïle effronté, que la honte contrôle
Avec sa marque aussi rouge qu'une azerole,
Et que la déraison bigarre et bariole
Ainsi qu'un arlequin; ô clown! ô ménétrier!
O grimace incarnée, ô type singulier
Entre tous les bouffons de parade, ô Ligier
De tréteaux; — ô paillette, ô mince bractéole,
O rognure d'esprit; — moins encore, ô fripier
D'écrits, ô venimeux barbouilleur de papier,
O vaste pot à l'encre, ô vivant encrier;
Qui pis est, ô vautour, ô grue, ô loup-cervier,
O vampire que rien ne peut rassasier;
O chenille de l'art, cette blanche corolle
Dont vous rongez jusqu'à la moindre foliole;
Littéraire bravo, fanatique auricole,
Qu'aucun terme ne peut assez qualifier,
Toujours prêt à vous vendre à qui veut vous payer;
Intrépide orpailleur amoureux du Pactole,
Que l'enfer dès longtemps a couché sur son rôle;
Sinon, dont on ne peut assez se méfier,
Capable de trahir pour moins d'une pistole,
Que dis-je? Seulement pour un paule, un vil paule,
L'hôte saint qui viendrait à vous se confier;
De souffrir lâchement que l'étranger viole
Le sol vierge et sacré de notre belle Gaule,
Et même de l'y convier;
Avare, qui craignez de donner une obole;
Ignorant dont la langue épilogue et contrôle
Sur tout, sans nul souci de rien vérifier,
Très-habile au contraire à tout falsifier,
A nous faire avaler plus d'une franche colle;
Et qui ne savez pas même orthographier :
Quoi! c'est vous qui voulez, dressant maint protocole,
Réformant toute loi littéraire, agricole,

Insurger le Parnasse ou le pacifier,
Troubler l'eau d'Hippocrène ou la clarifier,
Condenser la lumière ou la raréfier
Au gré de votre tête folle !

Vous prétendez simplifier
L'usage ancien de la boussole,
Et diriger la marche, et béatifier
La province et la métropole,
L'étranger et le regnicole,
Par l'éternelle caracole
De votre esprit, cheval trop vif et trop altier ;
Fier d'exercer dans l'art un vaste monopole,
Et dédaignant celui dont la tête moins drôle
Passe à versifier
Le temps que vous passez à philosophailler,
A crier, à disputailler
Sur mainte faribole ;
Querelleur et taquin comme une glaréole !

Oh ! pour le coup, sur l'œil votre paupière colle,
Vous n'y voyez pas clair, malgré le chandelier
A mille branches d'or, immense girandole,
Qui luit comme un soleil de la Rochelle à Dôle,
De Dunkerque jusqu'à la frontière Espagnole,
Et qu'on nomme Progrès dans notre hécatopole.
Vous êtes fou, je puis vous le certifier.

Ah ! vous croyez au jeu toujours faire la vole ;
Mais, je vous le dis net, vous ferez la dévole.

Franchissons d'un élan ce nouveau pont d'Arcole.

II.

A mon tour maintenant de te notifier
Ton arrêt criminel ; — de te gratifier
De mainte et mainte croquignole ;
De te faire courir sur un affreux gravier
Jusqu'à te froisser l'une et l'autre malléole,
Ou de te cahoter dans une carriole,
Au point de te meurtrir et te tuméfier
Comme un papier qui se décolle.

Assez fait sans obstacle un aussi vil métier
Que celui que tu fais, métier de flibustier ;
Et du temple de l'art souillé le péribole,
T'arrogeant un pouvoir d'archonte ou d'amphipole.

Assez poussé le cri, jusques à nous scier,
De la corneille ou de la grolle.

Assez fait carnaval, bercé dans la gondole
De ton caprice fou, qui, sans but, court et vole
A l'encontre de tout.
Banal écrivassier,
Des domaines de l'art impudent braconnier,
Dont l'âme tortueuse et l'esprit rancunier
Ont la couleur sinon l'éclat de l'amphibole,
A mon tour de crever l'outre, pleine, d'Éole,
De souffler sur ton nom, de te faire oublier
Comme le jeu de paume ou bien du cavagnole ;
D'arracher de ton mât ta fière banderole ;
De te faire de force ou de gré solfier
Une autre barcarolle ;
De te faire en plein vent danser la carmagnole,
Le galop ou la farandole,
Au son d'un instrument moins doux que la viole.

A mon tour, à mon tour de te barbifier
Avec le fil tranchant de ma rude hyperbole,

Sans que rien y puisse obvier.
Pauvre infirme, à mon tour de te lubrifier
Les intestins avec les fruits du poivrier,
Ou de la coloquinte en guise d'escarole
Ou de laitue ou de pourpier
Assaisonnés au suc blanc du mancenillier;
De te tyranniser, de te supplicier;
De te plonger au sein la double dent d'acier
Que la langue de l'art appelle acanthabole;
De dilater ton cœur comme la diastole,
Par l'espoir d'un bonheur qui tout à coup s'envole.
Et de te le serrer comme dans la systole,
Jusqu'à faire jaillir, comme l'eau du cuvier,
Ton sang par chaque pore en huile de pétrole;
Puis de te le pétrir comme une cire molle.

A mon tour de te poindre et de t'excorier,
De t'enfoncer les clous du fer jusqu'à la sole;
De te faire hurler et beugler sous ma gaule
Comme un diable qui plonge au fond d'un bénitier,
De te tarabuster comme un infâme drôle,
De te fouler aux pieds comme une bestiole.

A mon tour maintenant, ridicule phrasier,
De te plonger au fond de l'infernale geôle,
De t'allonger le corps sur un rouge brasier,
De te verser du plomb fondu dans le gosier.

A mon tour maintenant de te torréfier,
Comme un cochon de lait qu'on cuit et qu'on rissole,
Comme un poisson quelconque, un goujon, une sole;
Un éperlan qu'on frit dans une casserole;
Ou de te mariner comme un ichthyocolle.

Fier tour de l'orgueil, je veux t'incendier
Avec les dards de feu que, nouveau pyrobole,
Lance ma plume au bec terrible et meurtrier.

Gare à toi; car je veux, je veux, ô gazetier,
Que des larmes de sang creusent mainte rigole
Sur ta face de maltôtier;
Car je veux te percer de trous comme une tôle
D'ouvrier émailleur; je veux multiplier
Sur ton front criminel mon terrible contrôle,
Jusqu'à couvrir ta peau qui sent la rocambole,
Comme de mille grains de petite vérole,
Mais pourpres comme ceux qu'imprime la rougeole.

Gare à toi; car je veux, bas et haut justicier,
Marquer d'un fer brûlant ta face et ton épaule,
Et te coller au dos l'étroite camisole
Des condamnés à mort que la hache décolle.

Je veux te ventouser et te scarifier
Et te déchiqueter jusqu'à t'ossifier.

C'est toi que j'ai choisi pour le grand taurobole
Par lequel vont enfin maints crimes s'expier,
Crimes où tu trempas, crimes dont le premier
A tes imitateurs tu frayas le sentier,
Que lavera ton sang, gras taureau que j'immole.

Oui, de manière ou d'autre il faut te châtier.
Oui, les temps sont venus où de ton balancier,
Sauteur, tu ne peux plus te faire un bouclier;
Où ton bâton, malgré sa rude bouterolle,
Bâtonniste, ne peut pas plus nous effrayer
Que le plus fort canon ou le plus gros mortier
Qu'on charge d'une féverole
De débris de biscuits ou bien de dariole.

Oui, tremble, ô glorieux, que l'amour-propre enjôle :
La roche Tarpéienne est près du Capitole.

Vienne, Février 1843.

DICTIONNAIRE

Pour l'intelligence générale de quelques termes spéciaux employés dans l'épître précédente.

Acanthabole, *s. m.* (*du gr.* ACANTHA, *épine, et* BALLÔ, *je jette*). Instrument de chirurgie en forme de pincettes *dont on se sert pour enlever les esquilles des os cariés, les épines, etc.*

Alvéole, *s. m.* (*du lat.* ALVEOLUS, *et non pas* ALVEOLO, *comme le prétendent MM. Noël et Chapsal*). Petite cellule *où les abeilles déposent leurs œufs et leur miel.—Il se dit, par extension, par analogie, par métaphore, de plusieurs autres choses.*

Amphibole, *s. m.* (*du gr.* AMPHIBOLOS, *ambigu*). Pierre *que l'on appelait autrefois* Schorl noir. *C'est une* combinaison de silex et de chaux, rayant le verre, et se présentant le plus ordinairement en cristaux noirs.

* Ce mot, que l'Académie n'a pas admis dans son classique recueil, comme trop scientifique sans doute, est féminin dans Boiste; mais contre toute apparence de raison; parce qu'on ne dirait pas en latin *amphibola*, mais *amphibolus*.— Il y a ainsi dans la langue des milliers de substantifs sur le genre desquels les lexicographes ne s'entendent pas.

Amphipole, *s. m.* (*du gr.* AMPHIPOLOS, *qui administre*). Archonte *ou* magistrat de Syracuse.

* Ce mot n'existe pas davantage pour l'Académie, qui néglige ainsi tous les termes d'histoire et d'antiquité même les plus usuels, pour faire place à une foule de locutions du langage des halles.

Anecdotier, *s. m.* Conteur d'anecdotes.

Auréole, *s. f.* (*du lat.* AUREOLUS, A, UM, *de couleur d'or*). Cercle lumineux *autour de la tête.*

Azerole, *s. f.* Fruit rouge, aigrelet, qui ressemble à la nèfle.

* MM. Noël et Chapsal écrivent *azérole* et *azérolier*, mais à tort.

Babiole, *s. f.* Jouet, chose puérile.

Barbifier, *v. a.* Raser, faire la barbe.

Barcarolle, *s. f.* (*de l'ital.* BARCAROLLO, *conducteur de barque*). Chanson italienne, que chantent les gens du peuple à Venise, *surtout* les gondoliers.

Béatifier, *v. a.* (*du lat.* BEATIFICARE, BEATUM FACERE). Mettre au nombre des bienheureux; rendre heureux.

Bestiole, *s. f.* Petite bête.

Bouterolle, *s. f.* Ce qui garnit l'extrémité d'un fourreau d'épée, d'une canne, d'un parapluie, etc. *Bouterolle de cuivre, d'acier.*

Bractéole, *s. f.* (*du lat.* BRACTEOLA, *diminutif de* BRACTEA, *feuille, lame mince*). Rognure de feuille d'or.

Bravo, *s. m. Mot emprunté de l'ital.* Assassin à gages.

* Ce mot ne se trouve pas dans l'Académie, qui néglige des mots encore plus usités, tels que *baser, recrudescence, etc.*, pour s'occuper de mots tels que *vagabonner, viédase, etc.*

Bricole, *s. f.* (*du bas lat.* BRICCOLA). Partie du harnais qui s'attache aux boucles du poitrail. — *Au jeu de paume*, retour de la balle lorsqu'elle a frappé une des murailles des côtés. *Jouer de bricole. Coup de bricole.* — *Prov. et fig., jouer de bricole*, user de voies trompeuses et détournées. *On dit de même, n'aller que par bricoles.*

Caracole, *s. f.* (*de l'ital.* CARACOLLO). Mouvement en rond, ou en demi-rond, du cheval.

Carambole, *s. f.* Carambolage, action de caramboler. *Termes du jeu de billard.*

Carmagnole, *s. f.* Ronde révolutionnaire datant de 1792.

* Rien n'est plus connu que ce refrain: *Dansons la carmagnole; vive le son du canon.* Cependant voici tout ce qu'on trouve dans le Dictionnaire de l'Académie: « CARMAGNOLE, s. f. Sorte de veste. » Cette veste n'était qu'une partie du costume de la carmagnole, lequel consistait, en outre, en un large pantalon garni de cuir, et un bonnet rouge.

Cavagnole, *s. m.* Sorte de jeu de hasard, espèce de biribi, où tous les joueurs ont des tableaux et tirent les boules, chacun à son tour. *Le cavagnole ne se joue plus.* (Acad.)

Clown, *s. m. Terme emprunté de l'anglais.* Paillasse, bateleur dont le rôle est d'imiter gauchement les tours de force ou d'adresse de ses camarades.

*Ce mot, quoique adopté depuis longtemps dans notre langue, ne se trouve encore que dans le nouveau Dictionnaire de M. D. Chésurolles.

Colle, *s. f. Ce mot est employé ici dans le sens de* bourde, menterie, chose controuvée à plaisir. *Voilà une bonne colle. Quelle colle!*

Il lui a donné une colle. — *En ce sens, selon* Le Duchat, *il dériverait du lat.* cavilla, moquerie, raillerie.

Coloquinte, *s. f.* (*en gr.* colocuntè). Plante cucurbitacée à fruits très-amers. *Amer comme coloquinte.*

Condenser, *v. a.* Resserrer dans un moindre espace. *Le chaud raréfie les corps, le froid les condense.*

Contrôle, *s. m.* (contre rôle). Registre double qu'on tient pour la vérification d'un rôle, etc. — Marque qu'on imprime sur les ouvrages d'or et d'argent. *C'est en ce sens, mais par métaphore, que ce mot est employé ici.*

Contrôler, *v. a.* Mettre sur le contrôle; — vérifier. — Mettre le contrôle *sur les ouvrages d'or et d'argent;* marquer. — *Fig.*, reprendre, censurer, critiquer. *Je ne contrôle point vos actions. Il contrôle sur tout.*

Corneille, *s. f.* (*du lat.* cornicula). Oiseau noir comme un corbeau, mais d'un tiers plus petit. *Le chant de la corneille était, chez les Romains, considéré comme d'un mauvais augure.*

Corolle, *s. f.* (*du lat.* corolla, *contraction de* coronula, *petite couronne*). Ensemble des pétales d'une fleur.

* M. Napoléon Landais définit ce mot, *l'enveloppe ronde de la fleur.* Comme cela est clair et précis !

A propos de M. Napoléon Landais, où a-t-il appris que les *chimistes modernes comptent aujourd'hui jusqu'à vingt et un métaux?* Je croyais, moi, que les chimistes modernes n'en comptent pas moins de quarante-deux. Mais apparemment qu'il y a modernes et modernes. En effet les modernes du dix-septième siècle ne sont pas les modernes du dix-neuvième. — Ah ! monsieur Landais, avez-vous pu, aidé, comme vous le dites, de toutes les lumières, de tous les documents de ceux qui vous ont précédé, avez-vous pu commettre une telle erreur ?—Et que serait-ce pourtant si l'on vous prouvait qu'il n'est pas un article de votre fameux Dictionnaire qui ne renferme quelque erreur de cette nature, ou quelque omission essentielle, ou quelque lourde faute de français ! Un exemple entre vingt mille : Meurtre, s. m., »(*prononcez meurtre.*) Homicide de guet-»apens et de dessein prémédité, qui n'est »*arrivé* ni dans une rixe, ni dans un duel.» Cette définition est aussi inexacte que diffuse, et pourrait tout au plus convenir au mot *Assassinat*, qui, par parenthèse, ne se trouve que depuis peu dans votre Dictionnaire. En effet, tout meurtre commis avec préméditation et de *guet-apens* (et non pas *guet-à-pens,* comme écrivait naguère M. Landais) est qualifié *assassinat*. Voyez l'article 296 du Code pénal.

Sur ce, je dois croire ce que me dit un jour un conducteur de diligence d'humeur un peu gasconne. Juché sur l'impériale avec lui, j'écoutais, sans trop bâiller, l'églogue qu'il me faisait de ses conjugales amours, lorsqu'il s'écria : « Tel que vous me voyez, monsieur, *meam rhetoricam feci, et loquor latinè.*» Je lui répondis par ce fameux passage de Cicéron : « *Litteræ adolescentiam alunt, se-»nectutem oblectant, secundas res ornant, ad-»versis perfugium ac solatium præbent, de-»lectant domi, non impediunt foris, pernoctant »nobiscum, peregrinantur, rusticantur* (1).»

« J'ai fait plus, monsieur, ajouta-t-il en »redressant fièrement la tête ; j'ai beaucoup »travaillé au Dictionnaire de Napoléon Lan-»dais. »

Croquignole, *s. f.* Espèce de chiquenaude, coup que l'on donne du doigt du milieu, lorsque après l'avoir plié et roidi contre le pouce, on le lâche sur le visage, sur le nez, etc.

Dariole, *s. f.* Espèce de pâtisserie.

Déchiqueter, *v. a.* (*du languedocien* chic, *petit*). Tailler menu, découper en faisant diverses taillades. *Déchiqueter la peau, la chair, une étoffe. En botanique, feuille déchiquetée,* feuille dont le bord a des découpures inégales et profondes.

* Concevez-vous que M. Napoléon Landais consacre à l'étymologie de ce verbe quatre lignes entières qui n'en disent pas plus que nos quatre mots, tandis qu'il touche à peine au fond de la question! « Tailler, » découper menu, par petites parties.» Voilà, en effet, toutes les explications qu'il nous donne. A vous maintenant de deviner les divers emplois de ce mot, ses applications, ses alliances, etc. Pas le moindre petit exemple pour nous éclairer. Dans ces locutions : *déchiqueter la chair, déchiqueter une bordure,* le mot *déchiqueter* ne présente sûrement pas le même sens. Or, voilà de ces nuances de signification qu'il est au moins nécessaire de faire sentir par des exemples. Un dictionnaire sans exemples, sans citations, dit Voltaire, est un vrai squelette. Le Dictionnaire de Napoléon Landais n'est pas autre chose, et son succès ne s'explique que par cet adage : *les sots sont en grand nombre.*

Dévole, *s. f. Terme de certains jeux de cartes, qui se dit lorsque la personne qui fait jouer manque la* vole.

Diastole, *s. f.* (*du gr.* diastellô, *je dilate*). Mouvement par lequel le cœur et les artères se dilatent, pour recevoir le sang qui s'y

(1) « Les lettres sont l'aliment de la jeunesse, la passion de l'âge mûr, et l'amusement de la vieillesse : elles nous donnent de l'éclat dans la prospérité et sont une consolation, une ressource dans l'infortune; elles font les délices du cabinet, et n'embarrassent dans aucune situation de la vie ; la nuit, elles nous tiennent compagnie, et nous suivent aux champs et *dans nos voyages.* »

porte en circulant. *La diastole des artères est ce qu'on appelle pouls.*

Enrôler, *v. a.* Mettre, écrire sur le rôle. *Enrôler des soldats, des matelots.*

Éperlan, *s. m.* Petit poisson de mer, dont la chair est délicate et très-recherchée.

Épiloguer, *v. n.* Censurer, trouver à redire. *Il épilogue sur tout.*

Escarole, *s. f.* Plante potagère, espèce de chicorée à feuilles larges. *Salade d'escarole.*

Estafier, *s. m.* (*de l'ital.* STAFFIERE, *et non pas* STAFFIRE, *comme on le dit dans Napoléon Landais*). *En Italie*, domestique armé qui porte la livrée et qui a un manteau. — *Par extension, en mauvaise part*, laquais de grande taille. — Souteneur de mauvais lieux.

* M. Napoléon Landais ne donne ce mot que dans sa première acception, sans l'accompagner d'aucun exemple; et il ne procède pas autrement d'un bout à l'autre de son recueil, qu'il a gonflé de toutes sortes de puérilités et de niaiseries.

N'est-ce pas, par exemple, une niaiserie, que la prononciation des mots *capitale*, *Aglaé*, *vin*, *roi*, ainsi figurée: *ka-pi-tale*, *ague-la-é*, *vein*, *ro-è?* Vous avez peur, dites-vous, que je ne prononce: *Ça-pi-tale*, *aje-la-é*, *vi-ne*, *ro-ï*; mais il faudrait pour cela ne pas savoir du tout son A B C. Merci de l'honneur que vous me faites.

Or, supposez que je sois un étranger appartenant à l'Allemagne. Au lieu de *vin*, je croirai qu'il faut dire *vaïn* comme chez nous. Mais surtout si je suis un Français de la province du Berri, comme je m'applaudirai de voir mon accent provincial choisi comme type, comme modèle! N'avez-vous jamais été en Berri, monsieur Landais? C'est là qu'on prononce parfaitement à ce qu'il paraît; c'est là qu'on dit à merveille *le roè* et non pas *le roi*. Pourquoi n'avez-vous pas aussi figuré la prononciation de *A* et de *B*, monsieur Landais?

N'est-ce pas encore une niaiserie que de donner tous les temps et toutes les personnes de tous les verbes composés, tels que *provenir*, *revenir*, *survenir*, etc., etc.?

O novateur! ô réformateur! ô Luther de la langue!

Il nous serait trop facile de prouver que le *Dictionnaire des Dictionnaires*, malgré son titre pompeux, est tout ce qu'il y a de plus mauvais et de plus incomplet en fait d'ouvrages de ce genre. Bien inférieur, sous le rapport de la rédaction, à ceux de Boiste et de Laveaux, même à celui de MM. Noël et Chapsal, il est pour le moins aussi incomplet que celui de l'Académie, quoiqu'il renferme un plus grand nombre de mots. C'est qu'un dictionnaire n'est pas une simple table alphabétique; il ne doit pas se borner à une stérile nomenclature. Outre la signification primitive des mots, il doit encore indiquer les variations qu'éprouve cette signification, ou par l'analogie qui la développe et la multiplie, ou par les figures qui la transportent à des objets nouveaux. Ouvrons au hasard ce fameux *Dictionnaire des Dictionnaires*. Voilà le mot *Mettre*. De prime abord, j'affirme que cet article ne contient pas la vingtième partie de ce qui doit s'y trouver nécessairement. Des nombreuses locutions dans lesquels entre ce mot, deux cents au moins s'y font remarquer par leur absence. Et d'abord où est le mot *Mettre* dans le sens de *vêtir?* Ainsi, des milliers de gallicismes, de phrases faites, de proverbes, manquent au *Dictionnaire des Dictionnaires*, qui, même en fait de nomenclature, est plus incomplet encore que le mince abrégé de MM. Noël et Chapsal. Ouvrant encore le livre au hasard, je tombe sur la lettre *M*, et j'y cherche en vain ces mots pourtant si usités: *arts et métiers*, *métaposcopique*, *miaulement*, *miliaire* dans le sens de maladie, *mimosées*, etc., etc. A la lettre *P*, je ne trouve ni *Papillote* dans le sens de dragée, ni *Phalangettien*, *Pigache*, *Pilotin*, *Pilulier*, etc. Après cela que pensez-vous de ce défi de M. Napoléon Landais: « NOUS DÉFIONS QUI » QUE CE SOIT DE NOUS SIGNALER UN MOT USUEL » ET DE BON SENS, OMIS DANS NOTRE LIVRE. »

Pour savoir au juste quel degré de confiance méritent les assertions les plus imperturbables de M. Landais, notez, s'il vous plaît, qu'à l'époque où notre héros lançait ce défi, il manquait à son Dictionnaire des mots tels que: *Médimne*, *Méthodisme*, *Meublant*, *Mièvre*, *Mièvrerie*, *Mièvreté*, *Minauderie*, au singulier; *Minerval*, *Ophicléide*, *Phalanstère*, *Phalanstérien*, *Xiphias*, *Xiphoïde*, *Xylophage*, *Yatagan*, *Yucca*, *Langoustine*, *Notopode*, *Littérairement*, *Lupanar*, *Lupuline*, *Luron*, *Maçonnique*, *Madéfier*, *in-manus*, *Marronnage*, *Masser*, *Mastigadour*, *Massorath*, *Maupiteux*, *Messer*, *Messier*, *Ostracoderme*, *Malacoderme*, *Para*, *Paraclétique*, *Paracmastique*, *Paracorolle*, *Parapegmes*, *Parapétales*, *Paraphyses*, *Parascève*, *Parastamines*, *Parastades*, *Parastyles*, *Systole*, *Systyle*, et des milliers d'autres. Il n'y a qu'à voir dans la première édition du *Dictionnaire des Dictionnaires* avec son mirobolant *compte rendu aux souscripteurs. Pauvres souscripteurs!* Depuis, M. Landais a retrouvé ces mots dans la sixième édition du dictionnaire de l'Académie, où il les a copiés machinalement, selon sa noble coutume; sans que cette nouvelle fournée de mots rende le moins du monde son œuvre meilleure. C'est toujours le même squelette, le même chaos, la même masse informe et indigeste. Et cependant l'auteur ose parler de plan; comme s'il avait jamais imaginé le moindre plan. « Notre plan, dit-il dans sa dernière édi- » tion, est tout différent de celui de l'Aca-

» démie. » Je n'ai pas de peine à le croire.

Parmi les mots récemment introduits dans cet antre de Cacus, *Mièvre*, *Mièvrerie*, *Mièvreté*, n'y sont pas moins donnés comme barbares et hors d'usage. Si M. Napoléon Landais n'était pas aussi étranger au mouvement littéraire de notre époque, il saurait que ces mots, surannés pour lui, sont remis en vigueur par tous nos bons écrivains modernes. Il n'y a pas longtemps que je lisais dans la *Revue des Deux-Mondes*, un article de M. Philarète Chasles, où le mot *Mièvrerie* était employé fort heureusement. Je ne sais plus quel écrivain à la mode disait aussi l'autre jour: *Mièvreries de style*, pour finesses, malices de style. Frédéric Soulié, lui, ce grand chirurgien moral de la société, en fait un usage des plus fréquents.

« Eugénie fut longtemps une pauvre et chétive » créature bien *mièvre*, bien pâle, bien maladive, » — Lorsqu'on s'informait à Jeanne de sa fille Eu- » génie, cette enfant si *mièvre* et si distinguée, » elle répondait brutalement : je ne sais pas d'où » m'est venu CE PETIT LAIDERON rachitique.— En » la voyant si *mièvre* et la sentant si forte, Léonie » éprouva cette sensation que doit donner la ren- » contre du chat-tigre amaigri et rendu plus féroce » à la fois par la faim et par la soif. — Il faut un » goût plus raffiné qu'il ne l'avait pour comprendre » l'élégance de la *mièvrerie*, l'attrait d'un teint » maladif. — L'air fin et doux de ce très-jeune » homme, qui baissait les yeux comme une fille et » parlait d'une petite voix *mièvre* et flûtée, avait » plu à Luizzi ; etc., etc. »

Il est vrai que, dans tous ces exemples, les mots *Mièvre et Mièvrerie* ne sont pas une seule fois employés dans leur véritable acception, et qu'ils forment autant de contre-sens ridicules. *Mièvre*, en effet, signifie, *vif, remuant, sémillant, espiègle, malicieux*, et non pas, *faible, pâle, chétif, valétudinaire, rachitique*, comme le donne à entendre M. Soulié, qu'il est bon de tirer enfin de cette erreur. Il faut l'avouer, la correction, la pureté, ne sont pas le fort de cet écrivain, d'ailleurs si distingué. *Laideron*, par exemple, qu'il emploie au masculin, est féminin, du moins selon l'Académie. Il lui échappe souvent de ces solécismes. En voici un qu'on ne pardonnerait pas même à un Allemand : « Tu me raconteras, n'est-ce pas, tout ce que » tu as fait *depuis* ces quatre ans d'absence.» C'est *pendant* ces quatre ans, qu'il faut dire.

Qu'un écrivain français de la trempe de Frédéric Soulié fasse de telles fautes, en voilà assez pour que les Allemands se croient tout permis, même d'imprimer des livres écrits de ce style :

« Il y a plusieurs bains à Dresde, mais je n'*en* » ferai mention que de quelques-uns : Albertbad, » Marienbad, et celui du docteur Ruschpler, *où* » *outre* les bains ordinaires on *y* prend des bains » de vapeur *et de toutes les manières qu'on a in-* » *venté en fait de bains*. — Les *orloges* de Dresde » ne vont presque jamais également, quoique, en » 1815, on *avait* ordonné de se régler d'après *celui* » du château. »

(L'Étranger a Dresde, par le professeur Chevalier de Serra.)

Ce qui m'épouvante le plus, c'est que ce M. de Serra ne soit un Français et un maître de langue française encore. Pauvre langue française, pauvres élèves de M. de Serra !

C'est ainsi pourtant que notre malheureuse langue est traitée dans tous les livres français, sans exception, publiés en Allemagne.

« L'autorité a ordonné que les maisons nouvel- » lement construites *soient* également couvertes en » tuiles.— Le manque *du* bois à brûler. — On dé- » couvrit des mines *des charbons* de terre derrière » Wiener-Neustadt. — Ils envoyèrent quelques » hommes *à talents* en Angleterre. — Les objets » dont on charge ces bateaux sont *des charbons* de » terre.— Servant de cette manière d'*une* agréable » ceinture à la ville, le rempart offre en même » temps une belle promenade. — Ces statues » de marbre ont été remplacées par *des* nouvelles » statues de plomb. — Au centre du Neue-Markt » est *placé* une belle fontaine. — A chacune des » deux extrémités se trouve une grande *voûte*, » *servant au passage public*, et au devant de cha- » cune de ces voûtes des *groupes colossales*. — » L'orgue qui se trouve dans le temple des luthé- » riens a été *exécutée* en 1807. *Elle* est *une* des » plus *parfaites* qui existent à Vienne.— L'Eglise » des Rédemptoristes *fut* finalement *employée de* » magasin, lors de l'occupation française en 1809. » — Le feu d'artifice que l'on *brûle* le 26 juillet » est le plus brillant. — Un bel édifice à colonnes, » en forme d'*une* demi-rotonde et servant d'*un* café » où l'on trouve tous les rafraîchissements possi- » bles, en occupe le *fond gauche*.— Le groupe de » Thésée combattant un *sentaure*, sculpté en mar- » bre blanc et offrant une exécution au-dessus de » tout éloge *mais* digne de cet artiste immortel. » *Le but* de cet ouvrage *ne tendant pas* à donner » une description détaillée de tous les environs de » Vienne, nous nous bornerons à indiquer les en- » droits les plus remarquables. — La gloriette sur » une colline vis-à-vis du château, décorée des deux » côtés de *trophées romaines*, etc., etc. »

(Guide des Étrangers a Vienne, par un professeur.)

« Par exemple : je me rappelle *de tout*, *dont* » notre père nous a *entretenu* la semaine passée, » pendant la promenade. — Il fallut que la petite » impatiente *attendît jusqu'à ce qu'on avait* fini » de souper.— Je crains que si le soleil s'approche » trop de la terre, il la *brûlera* entièrement.— » *S'il serait* possible de *faire le voyage jusqu'au* » *soleil*, et qu'on *ferait* huit lieues par jour, il » faudrait pour y arriver, au moins 500 *années*.— » J'ai voulu voir la figure de la terre, et *vous n'avez* » *pas encore laissé du temps à papa de me la* » *montrer*. »

(Seconde nourriture, dialogues instructifs, à l'usage de la jeunesse.) Le tout est écrit de ce style.

Je le demande, parmi les livres allemands publiés en France, en est-il un seul qui puisse servir de pendant à ceux que je viens de citer ? La censure devrait bien étendre sa sévérité à de semblables violations du langage, et les gouvernements s'opposer à la perpétration de telles barbaries. A coup sûr la chose en vaut la peine, dans un pays où la langue française est si généralement cultivée. Il est des gouvernements d'empêcher toute substitution frauduleuse. Pourquoi n'y a-t-il pas dans chaque imprimerie un Français capable, chargé de revoir au moins les épreuves des livres français qu'on y fabrique?

Il n'est pas jusqu'à la fameuse grammaire de Machat où l'on ne trouve des exemples tels que ceux-ci :

« Donnez-moi du papier, des plumes, de la cire » d'Espagne et des *oublies*. »

Oublies pour *pains à cacheter*.

« Souvent on préfère *du* fer *à de l'or* et *à de* » *l'argent*. »

Est-ce qu'on parle aussi lourdement! On dit souvent: on préfère le fer à l'or et à l'argent.

Mais n'allons pas trop loin : le Dictionnaire de Napoléon Landais, fabriqué à Paris, publié à Paris, doit nous rendre indulgent à l'égard des livres publiés dans la même langue à Vienne, à Dresde ou à Berlin.

Pour en revenir à vous, monsieur Landais, ah! que vous êtes téméraire dans vos défis! Surtout, osez-vous prétendre d'avoir fait une œuvre au niveau des connaissances actuelles lorsque, outre les noms de vingt et un métaux, vous omettez encore des mots tels que : *Mimosées*, tribu de plantes dicotylédonées; *pulmonaires*, premier ordre de la classe des arachnides; *Magnésite; Mirobolant; Calcinable; Anal; Lobaire; Laryngite*, etc., etc. Est-ce que ce sont là des termes *inconnus aux savants eux-mêmes?* A l'égard des sciences naturelles, levons seulement un petit coin du voile. Parmi les seuls noms de crustacés, en voilà tout d'abord une multitude dont il semblerait que vous ne vous doutiez même pas : les *hippides*, les *notoptégyriens*, les *paguriens*, les *scillarides*, les *galathines*, les *thalassinides*, les *astacines*, les *coléopodes*, les *quadrilatères*, les *arqués*, les *nageurs*, les *cristimanes*, les *orbiculaires*, les *hypophthalmes*. Il est vrai que ces mots ne se trouvent pas, non plus, dans Laveaux. Vos ciseaux n'ont donc pu les y découper. Pauvre Laveaux, que vous avez, en effet, découpé tout vif à coups de ciseaux pour l'incorporer dans votre horrible salmigondis! Comme cela est barbare!—En peinture, les plagiats ne sont pas si faciles. On ne découpe pas les figures de Rubens ou de Raphaël pour les ajouter à une autre toile; on les copie, et si le temps a détruit quelque partie de l'original, on la recompose du mieux qu'on peut. C'est ainsi que vous auriez dû, pour le moins, corriger quelques-unes des fautes typographiques qui fourmillent dans Laveaux.

Étioler, *v. a.* Faire éprouver à une plante l'espèce d'altération, de décoloration que l'on nomme étiolement. Elles éprouvent cette altération lorsqu'elles lèvent dans un endroit obscur, ou lorsque, parvenues à un certain degré d'accroissement, elles cessent de recevoir l'action de la lumière et de l'air. *L'obscurité étiole les plantes.* (Acad.) *On l'emploie plus ordinairement avec le pronom personnel. Les plantes qui croissent dans une cave s'étiolent.* (Acad.)

* M. Napoléon Landais ne le donnait d'abord que sous cette dernière forme.

Excorier, *v. a.* (*du lat.* EXCORIARE). Écorcher.

Farandole, *s. f.* Sorte de danse provençale, de course cadencée.

Faribole, *s. f.* Chose frivole et vaine.

Féverole, *s. f.* Variété de la fève de marais; — fève de haricot, sèche.

Gaudriole, *s. f.* plaisanterie indécente.

Gaule, *s. f.* (*du lat.* GALLIA). *Ancien nom de la* France.

Gaule, *s. f.* (*du lat.* CAULIS, *tige*). Longue perche. — Houssine pour faire aller un cheval. *Donner des coups de gaule à quelqu'un.*

Geôle, *s. f.* Prison.

Glaréole, *s. f. Nom donné par quelques auteurs à divers oiseaux aquatiques, tels que la barge aboyeuse, la perdrix de mer, le smirring, le râle d'eau et le combattant.*

Gloriole, *s. f.* vanité qui a pour objet de petites choses.

Goujon, *s. m.* petit poisson blanc *qu'on prend ordinairement à la ligne.*

Grolle, *s. f.* Oiseau du genre des corbeaux, *que l'on appelle autrement freux.*

* Boiste fait ce nom masculin.

Hécatopole, *s. f.* (*Néologisme, mot formé du grec* HÉCATON, *cent*, *et* POLIS, *ville*, *par la même analogie que* PENTAPOLE *est formé de* PENTÉ, *cinq*, *et pareillement de* POLIS). Contrée où il y a cent villes principales.

Hyperbole, *s. f.* (*en lat.* HYPERBOLE, *du gr.* HUPER, *au-delà*, *et* BALLÔ, *je jette*). Figure de rhétorique, qui consiste à augmenter ou à diminuer excessivement la vérité des choses. *Lorsqu'on dit : «Je suis votre très-humble serviteur; pour vous, je ferais tout au monde; pour vous, je braverais mille morts,* »*on parle ordinairement par hyperbole. J'ai dit : « Ah! » s'il ne fallait que mille martyres pour la faire » revivre un seul moment, que je serais heu- » reux d'acheter ce moment d'ineffable joie » par tous les supplices imaginables!* », *et ceci n'est point une hyperbole, c'est la vérité. L'hyperbole exprime au delà de la vérité, pour amener l'esprit à la mieux connaître.* (La Bruyère.) *L'imagination se nourrit d'hyperboles.*

Ichthyocolle, *s. m.* (*du gr.* ICHTHUS, *poisson*, *et* COLLA, *colle : poisson qui donne de la colle*). Esturgeon.

* N'en déplaise à MM. Noël et Chapsal, ce mot doit être masculin en ce sens, pour se distinguer d'*Ichthyocolle*, signifiant colle de poisson. — Boiste fait ce nom masculin

dans les deux sens. Mais on doit dire que, sous le rapport du genre surtout, le Dictionnaire de Boiste est un véritable tohu-bohu, un chaos tout aussi informe que le *Dictionnaire des Dictionnaires*. Il semble que le hasard le plus aveugle ait seul présidé à cette partie de la science lexicographique. Napoléon Landais, Laveaux, Noël et Chapsal, ne marchent pas d'un pied beaucoup plus ferme dans cette route sombre et obscure. C'est ainsi, par exemple, que les mots *camellia, cerdane, sarigue, lingule, arachnide, moustique, antilope*, et des milliers d'autres, sont présentés comme masculins par les uns, et par les autres comme féminins. Le désordre à cet égard y est si grand, qu'il n'est pas rare de voir l'auteur donner pour masculin un nom qu'il emploie au féminin dans les exemples qu'il joint à sa définition et *vice versâ*. Boiste, *ce chiffonnier de la langue par excellence*, comme l'appelle M. Napoléon Landais, d'après je ne sais plus quel journal, est encore celui qui prend le plus de plaisir à faire subir aux mots ces étranges métamorphoses. Combien de noms masculins dans son Dictionnaire se retrouvent, en effet, féminins dans ce qu'il ose appeler sa *Nomenclature complète d'histoire naturelle* ! Le mot *lingule* en est un exemple entre plusieurs mille. — Mais chose étonnante ! le Dictionnaire de l'Académie, cet ouvrage d'un ensemble si parfait et généralement rédigé avec tant de méthode et de précision, n'est pas lui-même exempt de semblables contradictions, quoiqu'il n'ait admis qu'un bien petit nombre de mots scientifiques. C'est ainsi que les trois noms analogues *univalve, bivalve, multivalve*, y sont indiqués comme s'employant substantivement, les deux premiers, au masculin, et le troisième au féminin. Cela est-il logique ?

Surtout, sur quoi s'est fondée l'Académie pour faire masculin le mot *ficoïde ?* partout nous le voyons employé au féminin, dans les ouvrages des botanistes : *la ficoïde cristalline* ou *glaciale. La ficoïde brillante. La ficoïde comestible.*

Ingrédient, *s. m.* (— DIAN). (*du lat.* INGREDIENS, *entrant, qui entre, ce qui entre*). *Il se dit des* choses qui entrent dans la composition d'un médicament, d'une boisson, etc. *Bon, mauvais ingrédient. Le principal ingrédient.*

Justicier, *s. m.* Celui qui a droit de justice en quelque lieu. *Seigneur haut justicier.*

Lubrifier, *v. a.* (*du lat.* LUBRICUM FACERE). Oindre, rendre glissant. *La mucosité des intestins sert à les lubrifier.*

Malévole, *adj.* (*du lat.* MALEVOLUS). Malveillant.

Malléole, *s. f.* (*en lat.* MALLEOLUS, *diminutif de* MALLEUS, *maillet*). Cheville du pied. *La malléole externe. La malléole interne. La malléole interne est une apophyse du péroné.*

*En général, parmi les substantifs dérivés du latin, ceux qui ne s'écartent de leur origine que par la terminaison française conservent le genre qu'ils ont en latin. S'il y a des exceptions à cette règle, toujours est-il que, pour la plupart, rien ne les autorise, rien ne les justifie. Qui empêche, par exemple, que ces deux mots *malléole, idole*, en lat. MALLEOLUS, IDOLUM, ne soient masculins ? Ne désespérons pas que les poëtes, créateurs et réformateurs naturels des langues, ne ramènent peu à peu la nôtre à des principes fixes, et ne parviennent ainsi à en diminuer les difficultés.

Lémures, par exemple, en latin LEMURES, génies malfaisants, ils n'hésiteront pas à le faire masculin, conformément à l'étymologie. Ce nom, du reste, est masculin dans tous les dictionnaires, excepté dans celui de l'Académie. Par là vous voyez que l'Académie n'est pas toujours une autorité, et que, bien qu'ils soient là quarante qui ont de l'esprit comme quatre, ils se trompent pourtant quelquefois.

Maltôtier, *s. m.* Exacteur, celui qui exige plus qu'il n'est dû.

Mancenillier, *s. m.* Arbre du genre des tithymales, qui croît aux Antilles, et dont le fruit et le suc sont des poisons très-subtils.

Mariner, *v. a.* Faire cuire et assaisonner de manière à pouvoir conserver très-longtemps. *Mariner du thon, des anguilles*, etc.

Ménétrier, *s. m.* « Mauvais joueur de violon, » telle est l'explication que M. Napoléon Landais vous donne de ce mot, à l'étymologie duquel il ne consacre pas moins de onze lignes. Selon lui *menestrel* est tout à fait synonyme de *ménétrier.*

Métropole, *s. f.* (*en gr.* METROPOLIS, *ville mère*). Ville capitale. *Il ne se dit plus guère que d'une* ville avec siége archiépiscopal.

Môle, *s. m.* (*du lat.* MOLES, *masse*). *Il se dit d'une* jetée de pierre fondée dans la mer, à l'entrée de quelques ports de la Méditerranée. *Le môle de Gênes.* — *Môle, fém.*, *signifie une* masse informe et inanimée. *Cette femme que l'on a crue grosse pendant six mois, n'est accouchée que d'une môle.*

Monopole, *s. m.* (*en lat.* MONOPOLIUM, *du gr.* MONOS, *seul, et* POLEIN, *vendre*). Trafic exclusif, fait en vertu d'un privilége. *Le gouvernement s'est réservé le monopole du tabac et de la poudre à canon.* — *Il s'emploie figurément, ce que n'indique pas M. Napoléon Landais : Cet écrivain s'est réservé le monopole de l'injure et de la calomnie.* (Acad.)

Orpailleur, *s. m.* « Homme qui s'occupe à recueillir, au moyen du lavage, les paillettes d'or qui se trouvent dans le sable de certaines rivières. » *Comparez cette définition de l'Académie, à la fois si juste, si claire, si précise, si parfaitement rédigée, si complète enfin, avec celle-ci de Laveaux :* « Homme qui s'occupe à retirer, par le lavage, *des paillettes d'or qui se trouvent dans le sable de certaines rivières qui en charrient;* » *ou avec celle-ci de Napoléon Landais :* « Celui qui tire les paillettes d'or du sable des rivières,» *comme si toutes les rivières charriaient de l'or;* —*ou avec cette autre de MM. Noël et Chapsal :* « Celui qui tire des paillettes d'or du sable *des* fleuves; » *ou avec celle de Boiste :* « Qui tire les paillettes d'or du sable des rivières.» *Cette dernière définition renferme un solécisme. Il fallait dire nécessairement,* celui qui tire, etc.

Victor Hugo a dit : « Sous un grand écrivain, il y a un grand grammairien. » Moi, je dis : Il n'y a de grand grammairien que celui qui est grand écrivain. Malheureusement, rien ne laisse soupçonner chez M. Napoléon Landais et consorts, la première idée de l'art d'écrire, ni la moindre notion en quoi que ce soit. Il n'y a pas dans tout cet amas de feuilles maculées d'encre une seule ligne qui soit correcte ou exempte d'erreur. Ils écrivent *béloire* pour *hiloire, garde-foux* pour *garde-fous, passe-avants* pour *passavants, la mer étale* pour *la mer est étale, gomme* pour *gemme*, etc., etc., etc. Nous avons dit que M. Landais copiait; nous pourrions l'appeler un automate copiste. Voyez l'article MER dans son Dictionnaire et dans celui de Laveaux. Il est probable que si ce dernier eût dit : *La mer est étale,* M. Napoléon Landais, son perroquet, aurait répété *la mer est étale.* Par malheur, le Dictionnaire de Laveaux fourmille de fautes : elles se trouvent toutes ainsi fidèlement reproduites dans le *Dictionnaire des Dictionnaires.* Pour vous convaincre de toute la puissance mécanique de M. Napoléon Landais, lisez encore, dans son Dictionnaire et dans celui de Laveaux, l'article LUCH-SAPHIS, ainsi que tous ceux qui ont plus de quatre lignes d'étendue, et qui réclamaient quelques connaissances.

Tous les défauts se donnent la main dans cet ouvrage flanqué de préfaces et de postfaces si arrogantes; les fautes de toute nature y pullulent. Nous pourrions signaler, dans les étymologies seules, une foule de barbarismes qui témoignent d'une chose vraiment douloureuse, à savoir que M. Landais ne sait guère mieux le grec et le latin que le français. Tels sont *métaphoréô* pour *metaphérô, meditare* pour *meditari*, etc.

Nous avons parlé d'omissions; en voici une caravane qui nous passe sous les yeux à l'instant même : *Centre nerveux ; céphaélis*, plante rubiacée ; *centurie de Magdebourg; céramic* ou art céramique; *cerbère*, constellation boréale, arbre de l'Amérique, espèce de couleuvre ; *cercariées*, famille d'infusoires; *cercle de réflexion ; cérinthiens*, hérétiques ; *cérosyle*, espèce de palmier, le plus grand de tous ; *cespitium*, plus utile assurément que *cesbédium ; cestre*, flèche que l'on lançait à l'aide d'une grande fronde ; *cestrosphendone* ou *spendone*, fronde avec laquelle on lançait le cestre ; *cétine* ou *sperma ceti*, blanc de baleine ; *chaise stercoraire ; chaliza*, cérémonie usitée chez les Juifs ; *chalumeau de Brooks ; chamærops* ou *palmier noix ; chambre des blés ; chambre étoilée ; chambre julienne ; chambre noire* de Florence ; *chambre des réunions ; chambre des terriers ; chambre du visa ; chambre de rhétorique*, etc., etc., etc. ; tous mots pourtant bien connus des savants.

Voilà près de trente omissions dans moins de quatorze pages du *Dictionnaire des Dictionnaires.* Toute proportion gardée, ne peut-on pas dire qu'il manque au moins huit mille mots à ce dictionnaire ; sans parler de plus de dix mille locutions consacrées ou proverbiales, et d'au moins vingt mille acceptions figurées, qui ne s'y trouvent pas davantage ? Et dans ce calcul nous ne comprenons ni la géographie, ni la mythologie. Dans la première, il nous faudrait signaler l'absence des mots : *Forcalquier, Gap, Lacédémone, Léon, Lesparre, Lombardie, Orange, Turin, Varsovie, Vistule,* etc.; et dans la seconde, celle des mots : *Leucate, Ménélas, Sémélé,* etc., etc.

Boiste, lui du moins, peut-être le croyez-vous complet sous le rapport de la nomenclature ? Eh bien, faites-moi le plaisir d'y chercher : *Littérairement, litée, literie, maçonnique, manipulateur, marneux, menuvair, marronage,* etc., ainsi que *maroquin, maroquiner, maroquinerie, maroquinier,* dans leur véritable orthographe, c'est-à-dire écrits avec un seul *r.*

Oh ! si vous l'estimiez très-fort sur l'orthographe, voici pour vous détromper. Il écrit : J'*achete*, je *jete*, j'*achere*, j'*absoûdrai*, j'*acquers*, j'*appele*, j'*apuiois*, nous *batons*, il *conclud*, je *decele*, je *detele*, je *nétoie*, *amaranthe*, *adianthe*, etc., etc., etc. Voyez sa *table des conjugaisons*, page 59. Voyez dans son Dictionnaire les mots *amarante, adiante.*

Le croyez-vous mieux versé dans les sciences naturelles ? Ouvrons au hasard. Il définit le *maurisque*, un *arbrisseau* de la *famille des mauves.* Le *maurisque* n'est pas un arbrisseau, mais un simple sous-arbrisseau ou arbuste. Les *mauves* ne sont pas une famille ; elles forment seulement un genre dans la famille des *malvacées.*

Nous l'affirmons ici sur l'honneur, il n'est pas dans tout le *Dictionnaire de Boiste* une seule définition scientifique qui ne soit aussi incomplète, aussi inexacte, aussi en arrière des connaissances actuelles. Nous en disons tout autant du *Napoléon Landais* et du *Noël et Chapsal.* L'Académie elle-même, si admirable dans tout ce qui concerne le langage ordinaire, n'a pas franchi une seule fois la limite de son ressort sans s'égarer. C'est ainsi qu'elle donne *mimosa* pour un pur synonyme de *sensitive*, tandis que c'est proprement le nom d'un genre de plantes légumineuses de la tribu des *mimosées*, dont la sensitive n'est qu'une espèce appelée, il est vrai, *minosa pudica*, dans le langage de la science. Elle fait, de plus, ce mot féminin, quoique, conformément au génie de notre langue, la plupart des botanistes ne l'emploient guère qu'au masculin, comme *hortensia*, *opuntia*, *camellia*, *dahlia*. *Camellia* est omis dans le dictionnaire de l'Académie ; *opuntia* y est féminin.

Nous nous hâtons d'ajouter que le *Dictionnaire de l'Académie* n'en est pas moins un ouvrage du plus grand poids, lequel emporte la balance sur les autres. A part l'omission d'au mois quarante mille mots et l'absence de l'étymologie, chose si nécessaire, quoi qu'en dise M. Villemain, les fautes y sont aussi rares, je dois le dire, qu'elles sont nombreuses dans Boiste et dans Napoléon Landais. Vouloir signaler toutes celles de ces derniers serait une entreprise digne d'Hercule. Oh ! je vous l'assure, les Dictionnaires de Boiste et de Landais sont des étables autrement difficiles à nettoyer que celles d'Augias. Et je ne me donne pas pour un Hercule, pas même pour un Charles Nodier.

A propos de Charles Nodier, ce que c'est pourtant que d'avoir un nom ! Atteignez une fois ce nom, et vous voyez les libraires les plus huppés, les plus fiers, les plus arrogants, les plus inaccessibles, comme, par exemple, MM. Firmin Didot, descendre aussitôt de leur piédestal, pour vous baiser humblement les pieds, et vous emprunter votre nom à gros intérêts. Désormais, comme le bon Jean, divisez votre vie en deux parts pour en passer l'une à dormir et l'autre à ne rien faire, vous n'en serez pas moins l'auteur d'une foule d'ouvrages qui étendront au loin votre réputation, en remplissant vos coffres d'écus. Il faut bien que cela soit ainsi : car croire que M. Charles Nodier, membre de l'Académie française, auteur d'une foule de contes si intéressants, ennemi juré et du solécisme, et du barbarisme, et du journalisme, et du charlatanisme, comme j'ai pu en avoir la preuve un jour que je l'ai vu, Jupiter en robe de chambre, agiter ses foudres vengeurs sur le monde littéraire ; croire que M. Charles Nodier ait revu l'épreuve d'une seule feuille de la neuvième édition du *Dictionnaire de Boiste*, publiée par MM. Firmin Didot, en 1839, ce serait avoir une bien mince opinion de sa science lexicographique et grammaticale.

M. Napoléon Landais, lui, du moins, n'a compromis personne. On ignore quels sont ces anciens inspecteurs de l'Université, ces proviseurs et ces professeurs de colléges royaux, ces savants spéciaux qui ont sanctionné de leur sceau sacré le fameux *Dictionnaire des Dictionnaires*, lors de sa première apparition. Il est bien à regretter que leur modestie ne leur ait pas permis de figurer nominativement en tête d'une œuvre aussi grande, au moins sous le rapport du volume. Ce doit être une curieuse classe de savants, que des savants qui, parmi les corps métalliques, n'en connaissent encore que vingt et un ; qui, parmi les familles des plantes, ne connaissent ni les *lichenées*, ni les *marsiléacées*, ni les *potamées*, ni les *pipérinées*, ni les *typhinées*, ni les *cypéracées*, ni les *alismacées*, ni les *amomées*, ni les *musacées*, ni les *nymphéacées*, ni les *aristolochiées*, ni cent autres encore sur cent soixante-deux qu'il y en a ; etc., etc., etc. Ne croyez pas que ces mots existent davantage dans les éditions subséquentes.

Un autre genre de fautes très-dangereuses, c'est la répétition, avec une légère différence dans l'orthographe, de mots qui sont absolument les mêmes, sans aucun renvoi qui mette le lecteur sur ses gardes, preuve évidente que M. Napoléon Landais, en les copiant, ou plutôt en les découpant, ne s'est pas aperçu de leur identité. On peut hardiment porter à plus de 300 les mots qui sont ainsi doublés, et même quelquefois triplés. Nous n'en donnons donc ici qu'un léger échantillon : *ambauchoir*, et *embauchoir* ; *aramber*, *aramer*, *araser*, avec leurs dérivés, et, *arramber*, *arramer*, *arraser* ; *Augsbourg*, et *Ausbourg* ; *asaphie*, et *azaphie* ; *barot*, *baroter*, et *barrot*, *barroter* ; *barillet*, et *barrillet* ; *brocard*, et *broquart* ; *caréné*, et *cariné* ; *chaîneau*, et *chéneau* ; *chéiroptères*, et *chiroptères* ; *chocard*, et *choquard* ; *ceintrer*, *ceintrage*, et *cintrer*, *cintrage* ; *cocâtre*, et *coquâtre* ; *condamnatoire*, et *condemnatoire* ; *crécerelle*, et *cresserelle* ; *emplaigner*, et *aplaigner*, et encore *éplaigner* ; *entalinguer*, et *étalinguer* ; *faitardise*, et *fétardise* ; *flaireur*, et *flèreur* (de cuisine) ; *fausset*, et *fosset* ; *fromentacé*, et *frumentacé* ; *fongie*, et *fungie* ; *gaudron*, et *godron* ; *horidictique*, et *horodictique* ; *houatte*, et *ouatte* ; *isard*, et *izard* ; *héraunoscopie*, et *céraunoscopie* ; *laiteron*, et *laitron* ; *liçoir*, et *lissoir* ; *lithomancie*, et *litomancie* ; *lucquoise*, et *luquoise* ; *médecinier*, et *medicinier* ; *mousquite*, et *moustique* ; *nolet*, et *noulet* ; *pannon*, et *pennon* ; *pantographie*, et *pentographie* ; *pigargue*, et *pygargue* ; *quadrimane*, et *quadrumane* ; *rabdomancie*, avec ses dérivés, et *rhabdomancie* ; *rhincolite*, et *rhyncolite* ; *tétrodon*, et *tétraodon* ; *trigone*, et *trigonon* ; *trotiner*, et *trottiner* ; *thrumbus*, et *trumbus* ; *varandeur*, et *warandeur* ; *walkyries*, et *walkiries*, etc., etc., etc.

En présence de faits aussi irrécusables, que devient votre présomption, ô monsieur Napoléon Landais, ô terrible enfonceur de portes ouvertes, ô formidable tranche-montagne ?

Par malheur, tous les autres dictionnaires de la langue, y compris celui de l'Académie, y compris le *Supplément au Dictionnaire de l'Académie*, sont tout aussi en arrière de la science.

Ossifier, *v. a.* (*du lat.* OS FACERE). Changer en os. *Les membranes et les cartilages s'ossifient quelquefois. Nous lui faisons signifier figurément :* Réduire à l'état de squelette.

* Comment se fait-il, que M. Napoléon Landais n'ait pas donné l'étymologie de ce mot, lui l'étymologiste par excellence? Une chose curieuse, c'est la manière dont il en figure la prononciation : *o-ce-ci-fi-é*. Pour peu que vous soyez Gascon, vous ne manquerez pas, d'après cette singulière méthode, de dire : *océcifié*, peut-être direz-vous *okékifié*. Si vous êtes capable de dire *Çapitale* pour *Capitale*, assurément vous ne l'êtes pas moins de dire *okékifié* pour *ossifier*.

Telles sont les *heureuses innovations* dont s'applaudit si fort M. Landais, innovations dont Boiste avait du reste usé avant lui, et dont il n'a fait qu'abuser outre mesure. En vérité, si c'est là ce qui lui a valu tant de suffrages et d'applaudissements, faut-il s'étonner du succès des *découvertes dans la lune?*

Quand je songe que cet autre Napoléon avait formé l'immense projet d'ajouter aux deux volumes qu'il a commis, encore deux volumes de puérilités semblables, les cheveux m'en dressent à la tête. « Notre dictionnaire eût offert, dit-il : ÉTERNEL, adj. masc. sing.; ÉTERNELLE, adj. fém. sing.; ÉTERNELS, adj. masc. plur.; ÉTERNELLES, adj. fém. plur.; etc., etc.» O monsieur Landais, que vous fûtes bien inspiré, le jour que vous renonçâtes à cette idée! Je vous avoue que je ne comprends pas comment elle a pu traverser la tête d'un homme qui jouit encore de toutes ses facultés intellectuelles.

Hélas! votre livre n'est déjà que trop gonflé de choses non moins futiles; et on pourrait sûrement le réduire des deux tiers sans qu'il en valût ni plus ni moins. Par exemple vous ne nous avez fait grâce ni d'un temps, ni d'une personne des verbes *endormir, rendormir*, comme s'il n'avait pas suffi de conjuguer *dormir ;* et les choses les plus essentielles, vous les passez sous silence. Ainsi le mot *ossifier*, vous le traduisez seulement par, *changer en os*, sans accompagner d'aucun exemple cette définition par trop laconique, et digne tout au plus d'un dictionnaire de poche. Encore fallait-il au moins le signaler comme un terme de médecine, qui ne se dit au propre que des membranes et des cartilages.

Palsambleu! monsieur Landais, comment avez-vous pu composer deux volumes in-quarto de ce qui, réduit à ses plus justes proportions, ferait tout au plus la matière d'un mince in-trente-deux?

Jetant les yeux sur les pages voisines du mot *ossifier*, je trouve au mot *ouaiche*, non moins misérablement défini, cet exemple : *traîner un* VAISSEAU *ennemi en ouaiche*, au lieu de *traîner un pavillon ennemi*, etc. Que ceux qui feraient la sourde oreille à notre critique veuillent bien se donner la peine de comparer les articles ÔTER et OU du *Dictionnaire des Dictionnaire*, avec les même articles du *Dictionnaire de l'Académie*. Ils m'en diront des nouvelles. Ils me diront ce qu'on doit penser de ceux qui préfèrent Napoléon Landais à l'Académie; car il y en a qui vont jusque-là. Je les prie de regarder encore au mot DRAMATIQUE dans les deux dictionnaires. Mais je ne dois point leur signaler un mot plutôt qu'un autre; attendu qu'ils offrent tous matière à la même observation.

Il n'y a pas longtemps que je lisais encore, dans le voisinage d'OSSIFIER, *Ostéogonie* pour *Ostéogénie*, barbarisme de la nature de ceux dont fourmille le *Dictionnaire de Boiste*.

De prime abord, j'y remarque encore l'absence des mots *Otan*, district de province chez les Arabes; *Ourebi*, espèce d'antilope; *Osséens* ou *Osséniens*, sectaires juifs; *Osiandriens*, secte de luthériens; *Orthotome*, genre d'oiseaux; *Orthodron*, petite mesure de longueur chez les Grecs; *Ortalidées*, famille d'insectes; *Ortalide*, genre d'insectes, type de la famille des ortalidées, etc.; tous pourtant aussi connus des savants qu'une foule d'autres qui se trouvent dans le *Dictionnaire des Dictionnaires*.

Après cela, que M. Napoléon Landais ose encore se dire complet.

Pactole, *s. m.* (*en lat.* PACTOLUS). Fleuve de la Lydie *que Pline nomme Tmolus; aujourd'hui rivière de Sart. Les mythologues l'appelèrent Chrysorrhons, parce qu'il roulait autrefois des paillettes d'or, dont la fable attribue la présence au bain qu'y prit Midas pour se débarrasser de la faculté de tout changer en or.*

* L'Académie n'aurait-elle pas bien fait de donner au moins les mots auxquels, comme à celui-ci, les poëtes font des allusions continuelles?

Parabole, *s. f.* (*du gr.* PARABOLÊ, *comparaison*). Allégorie qui renferme quelque vérité importante. *Il n'est guère usité qu'en parlant des allégories employées dans l'Écriture Sainte. Les paraboles de l'Évangile.— Nous disons ici, par métonymie,* LA PARABOLE, *pour* L'ÉVANGILE.

Parabole, *s. f.* (*du gr.* PARABOLLÔ, *j'égale; parce que dans cette courbe, le carré de l'ordonnée est égale au rectangle du paramètre par l'abscisse, au lieu qu'il est plus petit dans l'ellipse et plus grand dans l'hyperbole*). Courbe géométrique qui résulte de la section d'un cône quand il est coupé par un plan parallèle à un de ses côtés. *Décrire une pa* *rabole. Les propriétés de la parabole sont fondées sur ce principe, que tous ses points sont également distants du foyer et d'une ligne appelée directrice, dont la direction est perpendiculaire à celle du diamètre de la courbe, et qui est aussi éloignée de son sommet que celui-ci l'est du foyer. — Nous l'employons figurément dans notre épître.*

* Comparez seulement cet article de nous avec le même article de Boiste ou de Napoléon Landais, quoique ce dernier ait puisé l'étymologie à la même source que nous-même.

A proximité de ce mot, je remarque encore l'absence des mots : *pâquerolle*, plante distincte de la pâquerette; *paracellaire*, ancien officier du pape; *paradoxure* ou *pougouné*, animal carnassier; *paraffine*, substance minérale; *paralates*, nom que les Scythes donnaient à leurs rois, qu'ils disaient issus de Jupiter; *parale*, genre de la famille des diospyrées; *galère paralienne*, vaisseau sacré d'Athènes; *pard*, nom que les fourreurs donnent au serval ou lynx; etc., etc., tous mots pourtant familiers aux savants, excepté aux savants de M. Landais.

Chez Boiste, c'est pis encore. Il a omis jusqu'aux mots : *paracarpe, paracmastique, paracorolle, parapétales, paraphyses, parastades, parastamines, parastyles, pardalote, pardave, parèdres*, etc., etc., pour faire place à des barbarismes tels que ceux-ci : *paracusie, paracynomie, paradoxologie, parafrénésie, paraimer, parakinancie, paranympher, parapinace, parardir, parcière, parclauses, parétuvier, à la parfin*, etc., que nous félicitions sincèrement M. Landais d'avoir *impitoyablement* rejetés, pour nous servir d'un de ses mots favoris; mais dont il a rétabli quelques-uns dans ses dernières éditions.

Si nous ne parlons pas du vide de MM. Noël et Chapsal, c'est qu'il nous faudrait des volumes pour le combler.

Signalons pourtant quelques-unes de leurs bévues.

M. Landais prétend qu'il faut écrire, le *porte-feuilles*, « car il contient plusieurs feuilles, » dit-il. — Il ne serait pas éloigné d'écrire pareillement avec la marque du pluriel, le chèvre-feuilles ; « car on peut aussi bien, dit-il, s'expliquer le mot par des *feuilles de chèvre* que par *une feuille de chèvre*. » Entendez-vous le raisonnement ?— Monsieur ne veut pas, non plus, qu'on écrive *chèvrepied*, mais *chèvre-pieds* ; « car ce mot, dit-il, signifie, un satyre *qui a des pieds de chèvre, et non pas seulement un pied.* » J'aurais cru, moi, que ce mot signifiait, qui a le pied fait comme le pied d'une chèvre.

Telle est, dis-je, la logique de M. Napoléon Landais.

Mais MM. Noël et Chapsal, ces coryphées du corps universitaire, poussent quelquefois la plaisanterie bien plus loin encore. Ils écrivent au pluriel des *chèvres-feuilles* ; apparemment par la même analogie qu'on écrit des *choux-fleurs*, des *choux-raves*, des *choux-navets*. Ainsi *chèvrefeuille* ne dérive pas du latin *caprifolium*, feuille de chèvre, mais c'est une feuille qui est chèvre et une chèvre qui est feuille, comme *chou-rave*, un chou qui est rave et une rave qui est chou. A la bonne heure ! Et tout le monde d'applaudir, depuis les grands maîtres de l'Université jusqu'aux petits maîtres d'étude de la moindre école communale.

M'accuserait-on de ne parler que par esprit de dénigrement ? Ouvrons au hasard leur grammaire tant vantée, tant préconisée.

« § 30. *Les substantifs terminés par* ANT *et* » *par* ENT *au singulier conservent ou perdent le* » T *au pluriel.* »

MM. Noël et Chapsal en sont encore là.

« § 131. *Les verbes en* ER *qui ont la syllabe* » *finale de l'infinitif précédée d'un* É *fermé*, » *changent cet* É *fermé en* È *ouvert devant une* » *syllabe muette.* » Mais est-ce qu'on écrit : j'*assiège*, j'*allège*, je *crèerai*, j'*allèguerai* ; ou bien : j'*assiége*, j'*allége*, je *créerai*, j'*alléguerai* ?

« § 133. *Les verbes terminés à l'infinitif* par » ELER ou ETER, comme APPELER, NIVELER, » JETER, PROJETER, *doublent la consonne* L et » T *devant un* E *muet* : j'APPELLE, j'APPELLERAI, » qu'IL JETTE, IL JETTERAIT. *Ainsi se conju-* » *guent* : ACHETER, BECQUETER, CACHETER, CA- » QUETER, CROCHETER, DÉCACHETER, EMPAQUE- » TER, ÉPOUSSETER, ÉTIQUETER, — *amonceler*, » APPELER, CISELER, *geler, harceler, peler, etc.* » Mais je vous demande si on a jamais écrit : j'*achette*, je *rachette*, je *becquette*, j'*époussette*, j'*étiquette*, je *ciselle*, je *gelle*, je *pelle*, je *harcelle*, etc. ?

« § 134. *Les verbes terminés au participe* » *présent par* IANT, *prennent deux* I *à la pre-* » *mière et à la seconde personne plurielle de* » *l'imparfait de l'indicatif et du présent du sub-* » *jonctif.* » Mais comment saurai-je que le verbe *prier*, par exemple, fait au participe présent *iant* ? — En changeant la terminaison de l'infinitif en *ant*. Or, j'aurai tout aussitôt fait de la changer en *ions* et *iez*, terminaisons invariables de la première et de la seconde personne du pluriel à l'imparfait de l'indicatif et au présent du subjonctif : et j'aurai naturellement : Nous *priions*, vous *priiez*.

De même pour le verbe *créer* (§ 137), je n'ai qu'à changer la terminaison de l'infinitif *er*, pour celle du participe passé *é*, *ée*, je ne manquerai pas d'avoir *créé*, *créée*. Fallait-il une page de règles pour dire cela ?

« § 135. *Les verbes terminés au participe* » *présent par* YANT, comme PAYER, *changent* » *l'*Y *en* I *devant un* E *muet.* » Comme si l'on n'écrivait pas indifféremment : je *paye* ou je *paie*.

« § 141. *Le verbe* FLEURIR *employé au figuré* »*fait* FLORISSAIT *à l'imparfait de l'indicatif*, »*et* FLORISSANT *au participe présent.* » J'en demande pardon à MM. Noël et Chapsal, mais toute leur autorité ne m'empêchera pas de dire: *Les sciences fleurissaient chez les Chinois à une époque fort reculée.* Florissait n'est de rigueur que si l'on parle d'une personne ou d'une collection de personnes. *Claudien florissait sous Arcadius et Honorius. Athènes florissait sous Périclès.*

« § 146. *Un certain nombre de temps ne* »*s'emploient pas interrogativement ; ce sont le* »PASSÉ ANTÉRIEUR, L'IMPÉRATIF, etc. » Cependant il donne pour exemple (§ 148) : *Eurent-ils reçu ?* O logique !

« § 329. AIGLE *est féminin dans le sens* »*d'enseigne:* l'AIGLE ROMAINE, l'AIGLE IM»PÉRIALE. *Dans toute autre acception, il* »*est masculin.* » N'en déplaise à MM. Noël et Chapsal, *Aigle* est encore féminin en termes d'armoiries et de devises. *Il porte sur le tout d'azur à l'aigle* ÉPLOYÉE D'ARGENT. *Les armes de l'empire d'Autriche sont* UNE *aigle* NOIRE *à deux têtes.*

« § 333. EXEMPLE *est féminin lorsqu'il re*»*présente un modèle d'écriture:* VOILA UNE »BELLE EXEMPLE D'ANGLAISE. » Or, *exemple*, même en ce sens, est plus souvent masculin que féminin, et l'on dit mieux: *un* BEL *exemple d'anglaise.*

« § 598. *Au lieu de* A *on emploie* OU *entre* »*deux nombres, lorsque le substantif qui suit* »*ces nombres représente une chose non suscep*»*tible d'être divisée.* » Ainsi, l'on ne pourra pas dire : *quinze* A *vingt personnes ; dix* A *douze mille hommes?* Détrompez-vous.—Pour être clair, il fallait formuler ainsi cette règle : Au lieu de *à* on emploie *ou* entre deux nombres *consécutifs*, c'est-à-dire, *qui ne diffèrent que d'une unité*, lorsque, etc. C'est une lacune, et les lacunes ne sont pas plus rares que les erreurs dans la *Nouvelle Grammaire* et le *Nouveau Dictionnaire.* Par exemple, à propos des substantifs qui adoptent les deux genres, les mots : *période, œuvre, orge, office, espèce, cloaque, pâques*, etc., ne méritaient-ils pas une place dans le même chapitre ?

Combien de règles, dans la *Nouvelle Grammaire*, ne font ainsi qu'embrouiller la question au lieu de l'éclaircir ! Surtout combien cette grammaire est incomplète, et j'ose même dire, défectueuse dans son plan ! Oui, que de lacunes, que de longueurs, que d'incertitudes, que d'obscurités, que de ténèbres !

La Grammaire de Noël et Chapsal, adoptée dans toutes les écoles de France, fait l'effet d'un ver luisant placé sur une montagne, au bord de la mer, pour y servir de phare universel.

Aussi demandez aux étrangers de quelle utilité peut leur être cette grammaire, ce ver luisant.

Il y a à l'usage des Allemands une grammaire française par Machat, où la question me semble assez approfondie. Mais quel désordre, quelle confusion, quel pêle-mêle dans la manière dont les règles y sont présentées ! Sur quelle vaste étendue, grand Dieu ! vous les y voyez se développer ! Quel débordement, quelle inondation, faute d'avoir creusé au fleuve un canal solide et profond ! Aucun plan, en effet; aucune méthode ; pas la moindre suite, pas la moindre liaison dans les idées. C'est à frapper de découragement l'esprit le plus avide d'apprendre ; c'est à faire reculer la mémoire la plus intrépide.

Vous y êtes comme dans une forêt encore vierge de pas humains, où la lumière du soleil pénètre sans doute, mais où elle ne suffit pas pour vous guider; ou mieux, vous y êtes comme dans un labyrinthe où il vous manque le fil d'Ariane.

Et qu'on ne nous accuse ni d'orgueil ni de présomption : nous sommes indigné, voilà tout.

Voici encore, dans le Dictionnaire de MM. Noël et Chapsal, de quoi justifier notre indignation.

« LEQUEL, LAQUELLE. VOICI LE LIVRE »DE VOTRE SŒUR, *laquelle* J'AIME INFINIMENT. »C'EST UN EFFET DE LA PROVIDENCE DIVINE, *le*»*quel* NOUS ADMIRONS. »

J'en demande encore pardon à MM. Noël et Chapsal, mais en aucun cas *lequel* ne peut s'employer comme régime direct. — La nécessité d'éviter une équivoque n'autorise pas un solécisme, et c'est à celui qui parle ou qui écrit de trouver une tournure qui soit claire et correcte en même temps.

« JEU. *Jeu d'eau* est un barbarisme ; il faut tou» jours dire : *jet d'eau.* » — ô

Ignorants dont la langue épilogue et contrôle
Sur tout, sans nul souci de rien vérifier !

Apprenez, messieurs Noël et Chapsal, que *jeu d'eau* se dit fort bien, en architecture hydraulique, de la diversité des formes que l'on fait prendre aux *jets d'eau* en variant celle des ajutages.

Le plus beau *jeu* du monde, monsieur Noël, est celui que nous aurions à critiquer vos dictionnaires latins et français, français et latin, à l'aide desquels les écoliers versent le barbarisme à grands flots sur le thème ; auxquels manquent des milliers de mots des plus ordinaires, comme *déclaration, déconsidéré, décor, décortication, découpeur, découple*, tous mots appartenant à la même page, prise au hasard ; — où l'on trouve, par exemple, *hydrogène*, mais point *oxygène* ; — où, pour la traduction du moindre mot français, vous plongez vos victimes toutes vivantes dans un abîme de phrases inextricables. Quelques exemples pris au hasard.

« DÉCLINABLE. Quod declinari potest. — DÉFÉ- » CATION. Liquoris è fecibus purgatio. — DÉGLU- » TITION. Deglutiendi ratio. — DÉMOCRATIE. Po- » pulare imperium. — DÉMONTRABLE. Quod de- » monstrari potest. — DISSOLVANT. Discussoriam » vim habens. — DISSYLLABIQUE. Quod duabus » syllabis constat. — DISTILLATEUR. Qui succos » plantarum exprimit, igne subjecto. — DISTIL- » LATION. Succorum ex herbis, igne subjecto, ex- » pressio. — DISTILLER. Rei succum subjectis ig- » nibus exprimere. — DISPENSAIRE. De medica- » mentis conficiendis commentatio. — DIURÉTIQUE. » Quod urinam ciet. — DIVAGUER. Dicendo vagari; » à proposito digredi. — DIVERGENCE. Linearum » ob eodem centro diversè abeuntium discessus. — » DIVERGENT. Ab eodem centro diversè deflectens. — » DIVERSIFIABLE. Quod variari potest. — DOCTO- » RERIE. Actus quo quis industriæ specimen exhi- » bet, priusquàm magisterii laureâ donetur. — » DOGMATIQUE. Quod ad dogma pertinet. — DOG- » MATISER. Erroribus animos imbuere; errores » animis instillare. — HIÉROGLYPHE. Symbolum hie- » roglyphicum. — HOMOGÉNÉITÉ. Rerum ejusdem » generis natura. — HYPOCRISIE. Fallax imitatio » simulatioque virtutis. — HYPOCRITE. Fingendis » virtutibus subdolus. — THORACIQUE. Quod ad » thoracem pertinet. — THÉORIQUE. Quod ad theo- » reticem pertinet. — THÉRIACAL. Quod theriaces » vim habet. »

Tirez-vous de là comme vous pourrez, pauvres écoliers; faites avec cela du latin élégant et précis.

Mais, monsieur Noël, est-ce qu'ils n'existent donc pas dans la langue latine, les mots : *declinabilis, defæcatio, deglutitio, democratia, demonstrabilis, dissolvens, dissyllabus, distillator, distillatio, distillare, dispensatorium, diureticus, divagari, divergentia, divergens, variabilis, thesis, dogmaticus, dogmatizare, hieroglyphus, homogeneitas, hypocrisis, hypocrita* ou *hypocrites, thoracicus, theoricus, theriacalis, etc., etc.?*

Sûrement vous savez que *Distillare* existe, puisque vous traduisez *Distillatoire* par *ad distillandum idoneus*, au lieu de le traduire tout bonnement par *Distillatorius.*

Ce qu'il y a de plus plaisant, c'est qu'après avoir traduit *Défécation* par *Liquoris è fecibus purgatio*, vous traduisez *Dépuration*, non par son analogie *Depuratio*, mais par *Defæcatio*. O puissance de votre coup d'œil pour embrasser à la fois toutes les parties d'un système !

Mais en voilà assez sur ces misérables rapsodies, pourtant si lucratives, et dont les libraires sont si avides. Il nous faudrait des volumes pour signaler seulement quelques-uns des défauts du seul *Nouveau Dictionnaire français*, cette autre plate copie tronquée de Laveaux.

Paule, *s. m.* Monnaie d'Italie valant un peu plus de cinquante centimes.

* Demandez à MM. Noël et Chapsal pourquoi ce mot est absent de leur Dictionnaire, ainsi que la plupart des noms de monnaies étrangères. Cependant, d'après des mots tels que : *cocatrix, coccinelle, coccolithe, coccotrauste, coccus, coccygien*, etc., il est aisé de voir que ces messieurs se sont piqués, eux aussi, d'une nomenclature complète. Eh bien, soyez sûr qu'ils n'en ont pas moins omis plusieurs milliers de mots des plus essentiels, tels que : *régule, rémancipation, rémiges, rémipède, rémis, remontrants, rémuries*, etc.

Péribole, *s. m.* (*du gr.* PERIBALLÔ, *j'entoure*). Plan d'arbres autour d'un temple. *Il n'est masculin que dans ce sens. Comme terme de médecine et de conchyliologie, il est féminin.*

* Ce mot, indigne de l'Académie, n'existe pas davantage pour MM. Noël et Chapsal.

Pétiole, *s. m.* (*en lat.* PETIOLUS). *Le pétiole est cette petite queue, qui dans la plante, sert de support au limbe des feuilles.*

* On prononce *péciole* et non pas pétiole, comme le prétend M. Landais, à qui il échappe à tout bout de champ quelque nouvelle bévue; ce qui ne l'empêche pas de faire le docteur, et de prononcer magistralement sur tout. C'est ainsi qu'il s'écrie d'un ton qui ne demande pas de réplique : «*érésipèle* n'est » pas français, *abîme* n'est pas français, etc. » Messieurs de l'Académie, vous entendez. Tenez-vous donc sur vos gardes, ou cet autre Napoléon va vous dénaturaliser tous. Que ne s'écrie-t-il sur le même ton : *riticule* pour *réticule* n'est pas français, *apostume* pour *apostème* n'est pas français? Désormais ce n'est plus l'usage qui est le législateur des langues, c'est M. Napoléon Landais.

Il veut surtout qu'on écrive *faulx* et non pas *faux*, que sa raison sévère lui fait *impitoyablement* regarder comme un barbarisme en ce sens. « En effet, dit-il, si l'on supprime *l*, comment distinguer *faux*, falx, de *faux*, falsus? » Eh! monsieur Landais, absolument de la même manière qu'on distingue *été*, participe passé du verbe *être*, du substantif masculin *été*, æstas : ou bien encore *feu*, ignis, de *feu*, defunctus. Nous pensons, au contraire, qu'il serait bon de supprimer entièrement *l* dans ce mot, comme on a déjà supprimé *s* dans les mots *être, maître*, etc., qu'on écrivait autrefois *estre, maistre*; et comme on devrait aussi le faire disparaître du mot *registre*, afin de diminuer autant que possible les difficultés de la prononciation déjà si nombreuses. D'ailleurs, il est constant que la voyelle *au* en français équivaut à *al*; témoin le pluriel des noms en *al*. C'est donc *faulx*, écrit avec un *l*, qui est un barbarisme, et non pas *faux*.

Hélas! combien de phrases, je ne dis pas combien de mots, mais combien de phrases ne sont pas françaises chez M. Napoléon Landais! A vrai dire, Boiste, Laveaux,

MM. Noël et Chapsal ne lui cèdent en rien sous ce rapport. Étant plus jeune, je me figurais qu'un grammairien, un lexicographe était la correction, la pureté incarnée, j'entends la pureté de style; ô illusions de la jeunesse! Il n'y a pas longtemps encore que je les aurais crus incapables d'admettre pour exemples des phrases aussi défectueuses que celles-ci:

« Il vaut mieux qu'un ennemi dise du mal de » nous à tout le monde, *que tout le monde lui en* » *dise*.. (Le Tasse.)— Une délicatesse peu réfléchie » ménage *davantage* les plaies du corps *que* celles » du cœur.— Est-ce une intelligence ou le hasard » qui partagea la matière en deux règnes, *ceux* » de l'organisation et de l'inertie? — *Il n'y a plus* » *que l'ombre de l'avare qui erre dans le monde;* » il est enterré avec son trésor. — *La tête* des gens » de haute stature *ressemble à des* maisons dont » l'étage le plus haut est le plus mal meublé. »

Tels sont pourtant la plupart des exemples dont Boiste accompagne ses définitions non moins incorrectes, non moins diffuses.

Ne sera-ce pas faire injure à nos lecteurs que de donner ici le corrigé des phrases que l'on vient de lire?

« Il vaut mieux qu'un ennemi dise du mal de » nous à tout le monde, que si tout le monde lui » en disait. — Une délicatesse peu réfléchie mé- » nage plus les plaies du corps que celles du cœur, » — Est-ce une intelligence ou le hasard qui par- » tagea la matière en deux règnes, celui de l'orga- » nisation et celui de l'inertie?—Il n'y a de l'avare » que son ombre qui erre dans le monde; lui, il » est enterré avec son trésor. — Les gens de haute » stature ressemblent aux maisons, dont l'étage le » plus haut est le plus mal meublé. »

En effet, est-ce la tête qui ressemble aux maisons où les gens eux-mêmes?

Et M. Charles Nodier qui n'y a vu que du feu! Ah! comme je l'ai dit plus haut, je ne fais pas à M. Charles Nodier l'affront de penser qu'il ait seulement mis le nez dans le *Dictionnaire de Boiste;* laissant, de plus, à d'autres le soin de qualifier jusqu'à quel point il est honorable de prêter ainsi la main, je veux dire, son nom, aux méfaits littéraires de MM. Firmin Didot.

Ce que nous disons de Boiste, nous devons le dire à plus forte raison de Laveaux, dont le Dictionnaire est tout boursouflé d'exemples non moins incorrects et beaucoup moins instructifs.

Quant à M. Napoléon Landais, quant à MM. Noël et Chapsal, on sait que ces messieurs reprochent unanimement à l'Académie les nombreux exemples dont elle fait suivre ses définitions, exemples non moins utiles pourtant que les mots mêmes qu'ils accompagnent, en ce qu'ils nous les montrent sous toutes les faces; exemples sans l'aide desquels il n'est pas possible de connaître la juste valeur des mots; mais ces messieurs ne songent pas à remplacer ce qu'ils blâment par quelque chose de plus louable. C'est ainsi que l'homme sans mérite fait un crime aux autres des qualités qu'il n'a pas. Cela est beaucoup plus commode que de travailler à les acquérir.

Au moins dans le *Dictionnaire de l'Académie*, rien n'interrompt-il la génération des idées, et les différentes acceptions des mots y découlent-elles naturellement les unes des autres; au moins les exemples y sont-ils presque toujours à leur place; tandis que tous les autres dictionnaires, ce qui les distingue particulièrement, c'est l'absence de toute méthode, de toute logique, c'est, en un mot, le désordre le plus complet. Tout y est pêle-mêle, et cela, à la lettre.

Voilà ce que nous dirons pour en finir avec toutes ces digressions qui nous ont déjà mené trop loin. Nous avons eu tort, en effet, de nous étendre si longuement sur une telle matière. Il n'y a vraiment dans les dictionnaires de *Boiste, Laveaux, Gattel, Napoléon Landais, Raymond, Noël et Chapsal*, qu'une seule faute d'orthographe à signaler. C'est, juste à la dernière page, le mot FIN écrit avec un *n* de trop, comme dit un jour Voltaire, ou tout autre, de certain poëme qu'on lui avait présenté.

Pétrole, *s. m.* (*du lat.* PETRA, *pierre, et* OLEUM, *huile*). Substance bitumineuse liquide, onctueuse, d'un brun noirâtre, presque opaque, douée d'une odeur forte, plus légère que l'eau, inflammable et susceptible d'être distillée sans subir d'altération. *Le pétrole paraît dû à une altération particulière du naphte. En France, la seule source connue de pétrole est à Gabian, près de Pézénas, ce qui lui a valu le nom vulgaire d'*HUILE DE GABIAN. On dit aussi HUILE DE PÉTROLE ou HUILE DE PIERRE. — *Nous avons employé ce mot métaphoriquement.*

* Faites-nous l'honneur de comparer la manière, pourtant bien simple, dont nous venons de traiter ce mot, avec la manière dont le traitent la plupart des lexicographes, y compris l'Académie elle-même. — Comprenez-vous que M. Napoléon Landais ait encore omis l'étymologie de ce mot? Apparemment qu'elle manquait dans le dictionnaire qu'il a copié; et comment faire pour la suppléer de soi-même? O génie!

Pharmacopole, *s. m.* (*en lat.* PHARMACOPOLA, *du gr.* PHARMACON, *remède, — et non pas* PHARMACOS, *comme il y a chez Napoléon Landais au mot Pharmacothèque, — et* POLEIN, *vendre*). Apothicaire, droguiste, marchand de drogues, de couleurs.

Poindre, *v. a.* (*en lat.* PUNGERE). Piquer. *Oignez vilain, il vous poindra; poignez vilain, il vous oindra.* (Prov.) *Quel taon vous point?*

* M. Napoléon Landais, traitant ces locutions de *vieilleries tout à fait hors d'usage*

blâme vertement l'Académie de les avoir encore recueillies dans la nouvelle édition de son dictionnaire. Mais lorsque, comme M. Napoléon Landais, on a prétendu qu'un bon dictionnaire doit non-seulement renfermer tous les mots d'une langue, mais encore offrir l'histoire ancienne et moderne de cette langue, comment peut-on être aussi illogique, aussi peu conséquent avec soi-même?

Qu'on se donne la peine de lire, dans le *Dictionnaires des Dictionnaires*, l'article *poindre*, avec toutes ses fautes d'orthographe, ses solécismes, ses répétitions, ses superfluités, ses inconséquences, etc., etc.

Je ne puis m'empêcher de sourire, en voyant tout près de là la prononciation du mot *poignard* ainsi figurée: *poègniar*. Qui empêchera l'étranger, je vous le demande, de dire: *po-è gue-ni-ar*? Non, il n'existe au monde rien de plus absurde. Et voilà pourtant ce que MM. Noël et Chapsal se sont empressés d'imiter. *O pecus!*

Pourpier, *s. m.* (*en lat.* PORTULACA). Genre de plantes, type de la famille des *portulacées*, lequel comprend plus de quinze espèces. *Le pourpier des cuisines, espèce que l'on mange, a une saveur âcre qui se dissipe par la cuisson. Feuille de pourpier.— Une couche de pourpier. Salade de pourpier. Eau de pourpier.*

* Voyez le même article dans le Dictionnaire de Napoléon Landais, et comparez-le seulement avec celui de l'Académie.

Prosicole, *adj.* employé ici substantivement. Qui cultive la prose. *C'est un néologisme formé du latin* PROSAM COLENS, *par la même analogie que* AGRICOLE *est formé de* AGRUM COLENS.

Protocole, *s. m.* (*du gr.* PRÔTOS, *premier*, *et* CÔLON, *parchemin*). Procès-verbal d'une conférence diplomatique.

Pyrobole, *s. m.* (*du gr.* PUR, *feu*, *et* BALLÔ, *je lance*). *T. d'antiq.* Machine militaire servant à lancer des dards enflammés.

* Ce mot n'existe pas plus pour MM. Noël et Chapsal que pour l'Académie. M. Napoléon Landais l'avait aussi omis dans ses précédentes éditions.

Raréfier, *v. a.* (*du lat.* RARUM FACERE, *faire rare*, *plus rare*). *T. de physique.* Dilater, augmenter considérablement le volume d'un corps, sans augmenter sa matière propre ni son poids. *La chaleur raréfie l'air. Il est opposé à condenser.*

Regnicole, *adj. et s. des deux genres.* [*prononcez* REG-NICOLE]. *En lat.* REGNICOLA, *de* REGNUM, *royaume*, *état*, *et* COLERE, *habiter*). Habitant naturel d'un royaume, d'un état, par rapport aux droits dont il peut jouir; *et*, *par extension*, étranger naturalisé. *Les regnicoles et les étrangers.*

Rigole, *s. f.* (*du lat. barbare* RIVOLA, *qui vient de* RIVULUS, *petit ruisseau*). Petite tranchée, petit fossé fait dans la terre, *ou* petit canal creusé dans la pierre, pour faire couler de l'eau dans un jardin, un pré, etc. *Rigoles de dérivation.*

Rissoler, *v. a.* Cuire, rôtir de manière que ce que l'on rôtit prenne une couleur dorée et appétissante. *Le feu a bien rissolé ce cochon de lait.* (Acad.) *Cette viande commence à bien rissoler.* (Id.)

Rocambole, *s. f.* Espèce d'ail qu'*on appelle aussi échalotte d'Espagne. Mettre de la rocambole dans un ragoût.*

Rôle, *s. m.* (*du bas lat.* ROTULUS *ou* ROTULUM, *rouleau*). Liste, catalogue; — ce que doit réciter un acteur dans une pièce de théâtre. *En ce sens il se dit figurément de la* manière dont on agit dans les affaires du monde, dans certaines occasions, *du* personnage qu'on y fait, *ou du* caractère qu'on y montre. *Jouer toutes sortes de rôles.* (Acad.) *Il joue le rôle de délateur et de calomniateur.*

* Nous ne l'avons employé que dans ces acceptions, mais il en a une foule d'autres que, selon son habitude, M. Landais passe sous silence, mais qui sont exposées avec un art admirable dans le *Dictionnaire de l'Académie.* Voyez plutôt et comparez.

Saule, *s. m.* (*du lat.* SALIX). Arbre ou arbrisseau à feuilles alternes et à fleurs axillaires, de la famille des *amentacées*, section des *salicinées. Les saules croissent généralement dans tous les terrains humides de toutes les parties du monde. — L'osier est une espèce de saule.* — SAULE *est dit ici*, *par métonymie*, *pour rameau de saule.*

*M. Napoléon Landais le définit seulement, un arbre qui croît dans les lieux humides et dont les espèces sont très-nombreuses. Dans les précédentes éditions de son dictionnaire, il ne parlait pas même du *saule pleureur.*

Scarifier, *v. a.* (*en lat.* SCARIFICARE). *T. de chirurgie.* Faire des incisions avec une lancette ou un bistouri. *On lui a scarifié les épaules.*

Sole, *s. f.* (*du lat.* SOLEA). Le milieu du dessous du pied *d'un cheval*, *d'un mulet*, *d'un âne. C'est une* espèce de corne beaucoup plus tendre que celle qui l'environne, *qu'on appelle proprement la corne, à cause de sa dureté. Ce cheval a la sole fort tendre, la sole battue, foulée, entamée, etc. En T. de vénerie*, le milieu du dessous des pieds des grandes bêtes.

* Dans aucun dictionnaire de langue, la *sole* n'est clairement distinguée de la *corne.* M. Napoléon Landais dit seulement, *dessous du pied*, sans un mot de plus.

Sole, *s. f.* Division du genre pleuronecte. *La sole commune ou perdrix de mer est un poisson de fort bon goût, à la chair délicate et recherchée.*

* M. Napoléon Landais nous apprend que

c'est un poisson, voilà tout. Quand je vous disais que le moindre dictionnaire de poche peut remplacer le *Dictionnaire des Dictionnaires*.

Stupéfier, *v. a.* (*du lat.* STUPEFACERE, STUPIDUM FACERE). *T. de méd.* Engourdir, diminuer *ou* suspendre le sentiment et le mouvement. *Le propre de l'opium est de stupéfier.* Peu usité. — *Fig.*, causer une grande surprise, rendre comme interdit et immobile.

* Selon son habitude, M. Napoléon Landais traite ce mot fort lestement.

Systole, *s. f.* (*du gr.* SUSTELLÔ, *et non pas* SUSTILLÔ, *comme on lit dans Laveaux, je contracte, je resserre*). *T. de physiologie.* Mouvement du cœur lorsqu'il se resserre. *Le sang passe du cœur dans les artères pendant la systole. La systole et la diastole.*

Tarabuster, *v. a.* Importuner par des interruptions, par du bruit, par des discours à contre-temps; taquiner; — brusquer, traiter rudement.

Taurobole, *s. m.* (*du gr.* TAUROS, *taureau, et* BOLÊ, *coup*). *T. d'antiq.* Sacrifice expiatoire.

« On égorgeait un taureau sur une grande pierre » un peu creusée et percée de plusieurs trous; sous » cette pierre était une fosse, dans laquelle l'*expié* » (le coupable) se plaçait et recevait sur son corps » et sur son visage le sang de l'animal immolé. »

Cette explication n'est pas de Laveaux, mais elle se trouve dans Laveaux. Le barbarisme qu'on y remarque est-il pardonnable? plusieurs lexicographes l'ont pourtant reproduit machinalement. M. Napoléon Landais s'en était dispensé d'abord, ne regardant pas ce mot comme USUEL ET DE BON SENS. — *Julien le philosophe se soumit à l'expiation du taurobole, pour se concilier les prêtres des gentils.* (Volt.)

« **Tôle**, *s. f.* [TÔLE] (*peut-être du lat.* » TELA, *toile, à cause de son peu d'épais*» *seur*). Fer en feuilles. » *Voilà l'article de M. Landais tout entier. Selon nous*, fer battu et réduit en feuilles *ou* plaques minces. *La tôle sert à faire des poêles et d'autres ouvrages, tels que les ornements de relief emboutis, c'est-à-dire, ciselés en coquille. Un poêle de tôle. Tuyaux de tôle. Cheminée garnie de tôle. Vase et plateau de tôle vernie.*

Tôle d'émailleur, plaque de fer battu percée de plusieurs trous, et dont les bords sont relevés; laquelle sert aux émailleurs pour faire chauffer les plaques ou pièces à émailler.

Torréfier, *v. a.* (*en lat.* TORREFACERE, TORRIDUM FACERE). Griller, rôtir *des substances animales ou végétales; ce que n'indique pas M. Napoléon Landais.*

Tuméfier, *v. a.* (*en lat.* TUMEFACERE). *T. de méd. et de chir.* Causer de la tuméfaction *dans quelque partie du corps. Cette fluxion a considérablement tuméfié la partie qui en est le siége.* (Acad.)

Ventouser, *v. a. T. de chir.* Appliquer des ventouses *à un malade.*

« On appelle *ventouse* un instrument de chirur» gie, lequel consiste en un vaisseau de verre, de » cuivre, d'argent, etc., fait en poire, semblable » à un petit chapiteau de cucurbite sans bec, avec » une base large et ouverte, qu'on applique sur la » peau. Avant d'appliquer la ventouse, on allume » une petite bougie ou bien un peu d'étoupe, un » peu de coton, que l'on fixe sur une carte placée sur » la peau; on recouvre aussitôt cet appareil avec » la ventouse. L'air qu'elle contient se raréfie, se » dilate, et la peau, trouvant moins de résistance » dans la ventouse, s'y élève avec les vaisseaux et les » humeurs qu'ils contiennent. »

Ventouses sèches. Les ventouses qu'on applique sans faire ensuite de scarifications.

Ventouses humides ou scarifiées, celles qu'on applique sur la tumeur produite par les ventouses sèches et sur laquelle on a fait des scarifications, *pour évacuer du sang et opérer une saignée locale.*

Il a été ventousé et scarifié.

* Il faut voir comment la plupart des dictionnaristes ont traité cet article.

Vitrifier, *v. a.* (*du lat.* VITRUM, *verre, et* FACERE, *faire*). « Convertir quelque matière en verre, » *dit M. Napoléon Landais, sans un mot de plus. Nous disons avec l'Académie : T. de physique.* Fondre une substance de manière qu'elle se transforme en verre. *Le feu vitrifie le sable mêlé à l'alcali. Matières vitrifiées*, matières transformées en verre, *ou* auxquelles la fusion a donné l'apparence du verre.

Vivier, *s. m.* (*en lat.* VIVARIUM, *de* VIVUS, *vivant*). Pièce d'eau courante ou dormante, où l'on met du poisson pour peupler.

* Selon M. Landais, *lieu* où l'on met du poisson pour peupler *et le trouver au besoin.* Comme cela est remarquable de justesse, de clarté et de précision! *Lieu* n'est-il pas un mot bien choisi, bien approprié à la chose qu'il représente? *Peupler* et *trouver*, se rapportant à deux sujets différents, quoique gouvernés par la même préposition, n'est-ce pas là du *style perlé et mondé*? Surtout le dernier membre de la phrase n'y ajoute-t-il pas une grande force?

Je l'affirme pourtant, il n'y a pas une seule ligne mieux rédigée dans tout le Dictionnaire de Napoléon Landais.

Vole, *s. f.* (*du lat.* VOLA). *T. de certains jeux de cartes. Laissons parler M. Napoléon Landais: Faire la vole*, faire toutes les mains, et non pas *faire la volte.*

* Quand je vous dis qu'il ne sait pas accoupler trois mots! Il fallait : *faire la vole*, et non pas *la volte*, faire toutes les mains. En outre, que dites-vous de la prononciation du mot *vole* ainsi figurée : *vole*? O heureuse innovation!

Je vous ai parlé de la puissance mécanique de M. Napoléon Landais. Pour en mieux mesurer toute l'étendue, lisez encore, je vous en prie, dans son Dictionnaire et dans celui de Laveaux, l'article LEQUEL.

Qu'en dites-vous? Il est vrai qu'il ajoute, et cela est beau de lui, quoique hors de ses habitudes : « Nous ne nous sommes fait aucun scrupule de copier Laveaux *presque* mot pour mot, dans ce qui concerne ces pronoms relatifs. Il était impossible de faire mieux que lui ; c'était à nous de le reconnaître et de l'avouer. »

Le mot *presque* est de trop, mais peu importe ; vous voilà tout à coup devenu bien modeste, monsieur Landais. Nous ne sommes vraiment pas si modeste; car, ayant traité ce même sujet, nous avons l'amour-propre de croire notre travail beaucoup moins imparfait que celui de Laveaux ; nous croyons avoir été plus précis, plus clair, plus logique, et surtout plus complet.

C'est vous dire assez que nous nous occupons aussi d'un *Dictionnaire de la Langue Française*. Vous avez voulu faire un dictionnaire, monsieur Landais, parce que vous aviez la conscience qu'il n'y en avait pas de bon. Et nous, nous voulons en faire un, parce que nous avons la conscience qu'avec tous les dictionnaires qui ont paru jusqu'à ce jour, y compris même la dernière édition de celui de l'Académie, même le vôtre, monsieur Landais, on ne parviendrait pas encore à en faire un de bon. Nous nous sommes donc mis à l'œuvre, et voilà sept ans, bientôt huit, que nous séchons, que nous pâlissons sur les livres de nos savants et de nos littérateurs. Ce n'est certes pas sans de grands efforts sur nous-même que nous avons su persévérer dans une tâche aussi ardue et aussi contraire à nos goûts ; et, pour ne pas regretter, même aujourd'hui, un temps si précieux dérobé à la poésie, notre élément de prédilection, il faut que nous sentions bien vivement la nécessité de notre œuvre. Plusieurs se souviennent encore avec quelle faveur furent accueillis nos débuts poétiques. La plupart des journaux de la capitale et des provinces furent unanimes pour nous encourager et pour nous louer. Nous eûmes l'ineffable joie de lire des articles où l'on avait l'extrême obligeance de trouver entre nous et lord Byron, oui, lord Byron lui-même, certains rapports, qui, quelque éloignés qu'ils pussent être, n'en étaient pas moins faits pour chatouiller délicieusement notre amour-propre; où déjà l'on allait jusqu'à nous juger digne d'un fauteuil à l'Académie (1).

C'est *l'Impartial*, rédigé par M. Amédée Pichot, qui faisait cela ; c'est *le Voleur* qui disait ceci : *l'Impartial* tomba quelque temps après : le feuilleton qu'il avait commis en ma faveur aurait-il contribué à sa chute ? Sans ailes, *le Voleur* vole encore.

Nos yeux et notre âme purent encore se reposer, on devine avec quel délice, sur des phrases ainsi colorées et parfumées :

« M. L. N., qui est bien mal nommé, car Noël signifie joie, est un véritable poëte; il a de la verve, de l'harmonie, du mouvement, des idées. Ses défauts (car qui n'en a point?) sont largement rachetés par la noblesse des sentiments qui l'inspirent, par la profondeur et l'éclat des idées, et par le bonheur fréquent de l'expression. Encore une fois ce n'est pas un poëte médiocre, et à son âge on a le temps de perfectionner son style et d'égayer son humeur. *Childe Harold* fut le frère aîné de *Don Juan.*» (L'ÉMANCIPATION de Bruxelles, 31 janvier 1839.)— «... Patience donc, M. L. N. : votre étoile aussi brillera, mais modérez un peu votre irascibilité et votre penchant à la satire.... Armez-vous de courage et persuadez-vous que vous avez tout ce qu'il faut pour réussir : votre prose est correcte, brillante, et pleine de vigueur; vos autres pièces, *Miseratio*, *le Poëte et le Monde*, *la Femme Libre*, *Religion*, *Mission du Poëte*, *Comme on Aime à Seize Ans*, qui vous ont déjà valu des éloges mérités, sont un sûr garant de vos succès.» (L'ARTISTE, mai 1836.) — «... La harpe de Polyeucte vaut bien le luth païen. Nous n'en voudrions pour preuve que les mélodieux échos que M. L. N. a su en tirer, en lui faisant tour à tour pleurer ses *Amertumes* et chanter ses *Consolations*, avec une poésie qu'on pourrait appeler musicale, et qui, pour être toute chrétienne, n'en est pas moins pleine d'harmonie et d'enchantement.» (Henri Bretonneau, COURRIER BELGE, 15 juin 1840.)— «... Ce qui distingue surtout le talent de M. L. N., c'est la justesse de l'expression, revêtue d'ailleurs de tout l'éclat poétique... Le poëme d'*Amertumes et Consolations* n'a besoin, à défaut de l'appui éphémère des coteries littéraires, que du temps et de la patience. » (LA MODE de Bruxelles, 24 février 1839.) — « La pensée religieuse et morale qui domine dans ce livre suffirait pour le rendre recommandable, s'il ne se faisait remarquer, d'ailleurs, par un grand mérite d'exécution, et surtout par la flexibilité du talent qui distingue son jeune auteur.» (JOURNAL DES VILLES ET DES CAMPAGNES.) «M. L. N. nous paraît appelé à de grands succès, s'il veut chercher maintenant plus de force et de richesse dans le rhythme... Qu'il soit toujours lui-même, et d'après lui-même, et d'après plusieurs pièces de son recueil à peu près irréprochables, nous pouvons lui assurer qu'il ne peut mieux faire.» (J. Lesguillon, LE FOLLET, 27 mars 1836.)— «Il y a des taches sans doute dans les meilleures pièces de M. L. N.; mais de nos jours il s'agit bien d'être irréprochable! Il s'agit de frapper, d'émouvoir, et notre jeune poëte en possède le talent. Soit qu'il parle de Dieu, soit qu'il parle du peuple, soit qu'il s'adresse à une femme, ou qu'il lance l'anathème aux vices, aux passions, sa diction a du nerf, de la chaleur, du coloris.» (Edouard Monnais, LE CORSAIRE, 15 mars 1836.)— « On retrouve chez lui souvent la verve brillante de Victor Hugo et presque toujours l'harmonie pompeuse de Lamartine. Notre poëte a de l'âme et il s'adresse toujours à l'âme, sûr d'être senti, d'être écouté; il vous réchauffe, il vous émeut des plus pures émotions, et vous intéresse aux divers accidents de sa vie autant que si vous les eussiez traversés vous-même. » (Houdebine, LE LYNX, 25 janvier 1839.) — «... Pour en revenir aux *Amertumes et Consolations* de M. L. N., je vous dirai que je me suis surpris à les lire d'un bout à l'autre avec beaucoup de plaisir; ce qui n'est pas un mince éloge par le temps d'indifférence poétique dans lequel nous vivons, nous surtout, journalistes.» (L'ENTR'ACTE, 12 mars 1836.) — «On sait le succès qu'a eu le recueil de poésies publié il y a un an par M. L. N., sous le titre de *Amertumes et Consolations*. Les journaux de toutes les opinions littéraires et religieuses rendirent tous un compte favorable de ce premier essai de M. N.. qui d'emblée l'avait placé au rang de nos jeunes poëtes les plus distingués.» (Oscar Turge, GAZETTE D'AUVERGNE, 15 octobre 1836.) — « Entre les jeunes poëtes qui, par conviction ou autre motif, ont pris récemment le genre religieux, M. L. N. fait exception, Il n'a pas dû son succès à des recommandations encourageantes : son nom, ses vers sont du petit nombre de ceux qui resteront.» (LA FRANCE, 29 octobre 1841.

---

(1) Les éloges prouvent combien la critique est parfois bienveillante, surtout pour un débutant, plutôt qu'ils ne prouvent notre mérite. Aussi sommes-nous loin de les prendre au sérieux. Nous ne présumons pas assez de nous-même pour cela. Nous ne voulons que constater un fait.

« Le Livre de Tous, ouvrage animé des sentiments de la » charité la plus ardente, est le plus souvent une paraphrase » de quelques beaux passages de l'Évangile, et M. Noël con» serve dans ses développements, l'onction, l'autorité, la » pensée haute et pénétrante des livres saints. L'auteur » prêche avec un incontestable talent et d'un style qui ré» vèle le poëte, la foi religieuse, les espérances célestes et » la fraternité entre les hommes; il donne courage à ceux » qui souffrent et qui pleurent, il relève les conditions hum» bles, il rappelle les riches et les puissants aux devoirs que » l'humanité et la religion leur imposent. On sent que la foi » de l'auteur n'est point stérile et qu'elle est chez lui une ins» piration du cœur. » (Maurice Avenel. Le Courrier Français, 8 mai 1841.) — « *Le Livre de Tous* est un beau livre, où l'on » trouve une foule de réflexions pleines de justesse et l'ex» pression de nobles sentiments. L'auteur a su appuyer ses » considérations morales d'exemples choisis qui soutiennent » merveilleusement l'attention du lecteur; ce qui, joint au » charme du style et à l'éclat parfois poétique de la pensée, » en fait une lecture vraiment attachante. » (L'Univers, 11 février 1841.) — « On trouve dans le *Livre de Tous* une » foule de pensées simples et fortes que Pascal n'aurait pas » crues déplacées au rang des siennes. » (La France, 20 » octobre 1841.) — « Il y a quelques jours, le *Journal des » Débats* disait du *Livre de Tous :* « Ce livre n'est pas seule» ment un livre chrétien, tout rayonnant de belles pensées » et de beaux sentiments; il est, de plus, écrit avec une » verve, une animation, un coloris, une variété, qui en font » une œuvre littéraire d'un grand mérite. Nous recomman» dons vivement cet ouvrage, que nous croyons destiné à » porter les meilleurs fruits. » (L'Indépendant, de Bruxelles, 7 décembre 1840.

Oui, nous sommes loin de croire à tout le mérite qu'on a bien voulu nous attribuer ; et ce n'est point pour nous faire valoir que nous avons multiplié ces citations ; mais nous tenions à prouver que, si nous avons ainsi brusquement déserté l'arène poétique, ce n'est de notre part ni pusillanimité ni désespoir de succès. Le succès ne fuyait pas devant nous d'un pied si rapide, qu'il nous ait fallu tout d'abord renoncer à l'espérance de jamais l'atteindre. Si nous avions persévéré dans le métier des vers, peut-être notre gloire poétique s'élèverait-elle à l'heure qu'il est aussi haut pour le moins que celle de M. T****, ce fameux barde de l'occident, auteur, dit si injustement la *Physiologie des journalistes,* de plusieurs poëmes *inconnus et soporifiques.*

Mais, précisément, pour reconnaître dignement cette bienveillance dont les journalistes et le public ont usé à notre égard, nous avons songé à leur rendre à tous un service réel. Nous avons voulu que nos jours, désormais vides de plaisirs et de joies, fussent du moins remplis par un travail utile. Ce travail, monsieur Landais, nous a déjà pris plus de jours et de nuits, nous pouvons le dire, que ne vous ont pris d'heures la confection et la publication de toutes vos œuvres ; et cependant il n'est pas encore terminé. C'est l'Océan à dessécher qu'un tel ouvrage. Et je me demande comment un livre de cette nature a pu sortir de vos mains en si peu de temps. Ah ! monsieur Landais, ce n'est pas ainsi que se bacle le dictionnaire général d'une langue comme la nôtre. Rappelez-vous que le *Dictionnaire de l'Académie* est sur le métier depuis deux cents ans, métier conduit par quarante ouvriers des plus habiles, et qu'il est pourtant bien loin encore de sa perfection. C'est qu'on ne sait pas ce qu'un pareil ouvrage demande d'études et de connaissances, de rectitude dans l'esprit et de puissance dans la volonté. Que faut-il donc penser de tous ces énormes dictionnaires conçus, exécutés et publiés en quelques mois ; abominables spéculations d'avides libraires, véritables ventouses scarifiées appliquées sur la bourse du public. Hélas ! avec les ruines de vingt chaumières on ne saurait construire un palais, de même que de toutes les beautés de Berlin on ne saurait former une beauté. Aussi peut-on affirmer sans crainte que dix pages du *Dictionnaire de l'Académie,* malgré tout ce qui lui manque, supposent à elles seules plus d'intelligence, plus de logique, plus de savoir, plus de maturité, plus de goût, plus de mérite réel enfin, que tous les volumes qu'on s'efforce de lui opposer, y compris vos deux in-quarto, monsieur Landais, qui ne valent pas même à coup sûr le modeste in-octavo de M. Chésurolles, publié par M. Ph. Cordier.

Disons, pour être juste, que le vocabulaire de M. Chésurolles, calqué sur la dernière édition de l'Académie, mais beaucoup plus complet sous le rapport de la nomenclature, est sans contredit le meilleur abrégé qui existe en ce genre. C'est dommage que l'auteur ait omis, lui aussi, une des choses les plus essentielles, l'étymologie, qui est en pareille matière ce que la chronologie est pour l'histoire.

Nous ne connaissons de M. Chésurolles que son nom et ses œuvres. Nous ne connaissons pas autrement MM. Noël et Chapsal et M. Napoléon Landais ; encore moins, comme on le pense, Boiste et Laveaux. Nous n'avons donc aucune raison personnelle de critiquer les uns au profit des autres ; et nous agissons, on peut nous en croire, par un pur motif de zèle, de conscience. Ce ne sera pas notre dernier mot, mais pour aujourd'hui en voilà bien assez.

Somme toute, un bon dictionnaire de la langue française est encore à faire. Et cette vaste lacune, nous avons pensé à la remplir. Daigne le ciel bénir notre entreprise et la mener à bonne fin ! Il ne serait peut-être pas mal, non plus, que le gouvernement daignât s'y intéresser et nous mettre à même d'y consacrer tout notre temps ! Car, certes, ce n'est pas trop de toute une vie d'homme pour parachever un tel colosse. S'il est vrai, comme l'a dit d'Alembert, qu'un bon dictionnaire de langue soit l'ouvrage le plus utile et le plus philosophique dont une société littéraire puisse doter son pays, celui qui se voue corps et âme à l'édification d'un tel monument ne mérite-t-il pas pour le moins autant de sollicitude qu'un chanteur qui s'est endommagé le larynx ou un danseur tout à coup atteint de la goutte, que l'on retraite et que l'on pensionne? Hélas! à l'aspect de cet enthousiasme aveugle et insensé que l'on professe hautement pour des jongleurs et des baladins, quelle idée voulez-vous qu'on se fasse de l'espèce humaine? Parmi les arts libéraux, les uns s'adressent directement à l'âme, à la pensée, comme la poésie: aussi n'est-elle ni comprise ni écoutée, et sa voix meurt sans écho; d'autres ne parlent guère qu'aux sens, comme la danse, aussi voyez le terrible *emprosthotonos* (1) qu'elle excite, voyez à ses pieds les princes et les rois. Comparez l'existence de Fanny Elssler, de Taglioni, de Listz, à celle d'Homère, de Cervantès, de Desbordes Valmore. Voyez Listz, un simple exécutant, un jongleur sur le piano, auteur tout au plus de quelques fioritures jugées insipides même par ses plus enthousiastes admirateurs: il n'est pas de tête couronnée qui ne s'incline devant lui. Feraient-elles le même honneur à Victor Hugo, à Ballanche, à Silvio Pellico? Victor Hugo! c'est un fou; Ballanche! je ne le connais point; Silvio Pellico! c'est un scélérat. Ainsi parlent les princes et les grands seigneurs de tous ces génies. Encore une fois, c'est que les hommes n'ont ni cœur ni intelligence, c'est qu'ils n'ont pas d'âme, ils n'ont que des nerfs. Or la voix de Gilbert, de Malfilâtre, d'Hégésippe Moreau, d'Elisa Mercœur, ne parlent qu'à l'âme. Mais la musique, qui n'est que la traduction, l'écho, la matérialisation de la poésie; mais la danse, cet art purement mécanique, agissent immédiatement sur les nerfs, sur les sens. Il s'en exhale un fluide qui électrise, qui galvanise tous ces corps morts, toutes ces masses inertes, et leur donne quelque minutes d'une vie factice. Alors les hommes de s'agiter, de trépigner, de battre des pieds et des mains; et les femmes de se pâmer, de pleurer, de rire, de se balancer, de se tordre, etc., etc. O danse, ô musique! ô piles de Volta! ô sublimes électrophores!

Mais il ne s'agit ici ni d'art ni de poésie, il s'agit d'un Dictionnaire. Or, personne ne conteste l'utilité d'un Dictionnaire.

A défaut de l'appui des gouvernements, à défaut de l'appui d'un prince ou d'un grand seigneur, plus grand par l'intelligence que par le rang, plus ami des lettres que de chasses et de chevaux, daigne au moins le public nous tenir compte de nos sacrifices, et considérer que le poëte n'est pas toujours cet être fantastique, ce rêveur perpetuel, qu'on se figure errant le long des ruisseaux, au clair de la lune; et qu'il peut, lui aussi, quand il le veut, se plier à des occupations serieuses et positives.

Le public serait sage de s'en tenir au dictionnaire de M. Chésurolles jusqu'à la publication de celui que nous lui promettons avec l'aide de Dieu.

Vienne, Mars 1843.

(1) T. de Méd. Espèce de convulsion dans laquelle tous les muscles fléchisseurs de la tête, du cou, de la poitrine et des lombes, se tiennent en contraction et fléchissent le corps en avant. Du gr. *emposthen*. en avant, et *tonos*, tension. Vous n'eussiez trouvé dans le Dictionnaire de M. Napoléon Landais, ni ce mot ni son opposé *opisthotonos*.

UNE FICHE DE CONSOLATION.

Calmez-vous, tranquillisez-vous, rentrez dans votre repos, remettez-vous dans votre assiette, monsieur Landais, rassérénez votre front nuageux, reprenez votre humeur gasconne, et désopilez-vous la rate avec moi; car vous n'êtes pas seul dans votre île comme Robinson. Voici, en effet, quelque chose qui vous ressemble à s'y méprendre. C'est cette annonce mirobolante insérée à grands frais dans tous les journaux.

« La science des conjugaisons, contenant les six mille verbes de la » langue ; classés par ordre alphabétique sous chaque conjugaison et sous » chaque verbe régulier et irrégulier qui peuvent embarrasser, conjugués » à tous les temps et servant de modèles ; indiquant s'ils se disent au propre » et au figuré ; s'ils sont actifs et neutres, réguliers, irréguliers, neu- » tres, pronominaux, etc., etc., etc., etc., etc.; s'ils ont pour régime la » préposition a, après, auprès, avant, chez, contre, dans, de, devant, » en, entre, envers, environ, excepté, hormis, hors, lors de, malgré, » moyennant, nonobstant, outre, par, parmi, pendant, pour, sans, sauf, » selon, sous, suivant, vis-a-vis, voici, voila; par M. J. Remy, juris- » consulte, membre de la *Société Grammaticale* de Paris, auteur du *Nouveau* » *Domat*, etc., etc. »

J'offre une prime de deux cigares à deux sous à qui m'analysera cette phrase d'une manière satisfaisante. Le rédacteur de l'*Asmodée* à Genève ne ferait pas mieux. C'est à ne pas y croire.

Ceci me remet en mémoire une autre énormité de ce même M. Rémy; je veux parler de sa *Science de la langue française*, publiée par Belin-Mandar, en 1839. Figurez-vous un tas de chiffons qu'on aurait recueillis parmi les balayures d'un collége pour en faire un livre, et vous aurez une idée de la délicieuse mosaïque dont il s'agit. Onc ne se vit rien de plus prodigieux, de plus renversant, de plus abracadabrant. Cela passe les bornes de la conception humaine.

Mais ne va-t-on pas croire que je prends à tâche de tout dénigrer? Ce que je dis là, messieurs, comme dit M. Floret, ce que je dis là, j'ai la conviction que c'est la vérité et je l'exprime avec la conscience d'un honnête homme et d'un bon citoyen, toujours comme dit M. Floret.

Lisez plutôt :

« § 5. *Je* s'emploie quand le verbe est renfermé dans une parenthèse, » comme, oserez-vous, lui répondis-*je.* »

Qu'est-ce qu'il entend par là ?

« § 12. Quand le pronom *me* est joint à la particule *en*, il suit immé- » diatement le verbe : Répondez-*m'*en, vous dis-je. »

« § 13. Le pronom *me* est régime de l'infinitif : On ne peut *me* dire cela » sans mentir. »

« § 64. *Ils*, s'ellipse dans la phrase suivante : Les consuls ne pouvant ob- » tenir les honneurs du triomphe que par une conquête, faisaient la guerre » avec une impétuosité extrême. — Il est à remarquer que le NOM de la » troisième personne PLÛRIEL a deux formes : *ils* et *eux* pour le masculin, » *elles* pour le féminin, et *les*, LEURS, *se*, *soi*, pour les deux genres. »

» § 67. Le pronom *elles* ne se met jamais qu'immédiatement devant le » verbe, sans souffrir rien entre deux, si ce n'est des particules et des pro- » noms personnels, comme : *elles nous* disent, *elles me* parlent. »

« § 68. Mais ce pronom se met immédiatement après le verbe dans les » interrogations : Que font-*elles* ? où sont-*elles* ? où vont-*elles* ? »

« § 69. Ou sans interrogation, quand le verbe est précédé de quelque » ADVERBE, ou de quelque INTERJECTION : Alors, disent-elles ? eh bien ! ose- » raient-elles se présenter ? les armes des sangliers sont-elles plus dange- » reuses que celles de la guêpe ou du moustique ? »

« § 51. Le pronom *elle*, sujet du verbe, se dit des personnes et des » choses; à moins qu'il n'y ait entre *elle* et le verbe des particules et des » pronoms personnels : Elle *nous* dit, et lui parla. »

En voilà une méthode curieuse. En voilà des règles bien motivées, bien certaines, bien absolues, bien précises, et surtout bien clairement exposées. De deux choses l'une, ou je n'ai plus mes idées nettes, ou celles de M. Rémy sont un peu brouillées; car je ne comprends absolument rien au dernier paragraphe.

Continuons :

« § 53. On peut mettre *nous* avant le verbe. »

Voyez-vous ça ! *Nous* profitons de la permission, monsieur Rémy.

« § 49. *Il y a*, *il est* ; *il y a* semble exprimer quelque chose de plus par- » ticulier, de plus applicable à une circonstance plus particulière. Exem- » ple : Il a joint à la valeur et au génie l'application et l'expérience. »

Ne trouvez-vous pas l'exemple bien appliqué ?

A propos d'exemples, en voici une collection des plus curieux, des plus mirobolants ; tous, croyez-le bien, donnés comme bons par M. J. Rémy :

« De mes sujets séduits qu'il comble la misère :
« Il *en* est *leur* ami, j'en dois être le père.

« — La majesté de la nature *en* impose. — Mais *l'un ni l'autre* enfin n'é-
» tait PAS nécessaire. — Elle a percé les cloîtres et les abbayes de *l'un et*
» *l'autre* sexe. — Et qui parle le mieux de *l'un et l'autre* ouvrage? — *Le*
» *bonheur et le malheur* des hommes ne *dépend* pas moins de leur humeur
» que de la fortune. — *La piété et sa droiture* lui *attire* le respect. — L'in-
» tempérance et l'incohérence des imaginations orientales *est* un faux goût.
» — Sa maladie *sont* des vapeurs. — Croyez-vous qu'alors il *acceptera* vos
» hommages? — Et *d'où* a-t-il pris cela? Il n'importe *d'où* il l'*ait* pris. —
» Il suffit que les sentiments de ces grands hommes-là *sont* toujours proba-
» bles d'eux-mêmes. — Est-il possible que vous *serez* toujours embéguiné
» de vos apothicaires et de vos médecins? — Il semble que l'abondance *a*
» épuisé une de ses cornes dans nos jardins et dans nos campagnes. — Il
» semblerait du moins qu'un homme qui se hasarde à faire parler le légis-
» lateur de notre poésie *devrait* avoir lu l'*Art poétique*. — Je me trouvai
» un peu incommodé *avec de l'émotion* avant-hier, mais cela n'a point eu
» de suite. — Huit lieues dans un jour *sont* trop. — Il me semble que mon
» cœur *veuille* se fendre par la moitié. — Il me semble que ce *soit* une crise
» que la nature *ait* souhaitée. — On dirait que le livre des destins *ait* été
» ouvert à ce prophète. — Vous diriez qu'il *ait* l'oreille du prince ou le se-
» cret du ministre. — Il n'y a point de *montagnes* dans les îles de l'Archipel
» qui n'*ait* son église, ni de coteaux à la Chine qui n'*ait* sa pagode. — Tout
» dieux que vous *soyez*, je soutiens le contraire. — Je ne crois pas que
» vous me *jugeassiez* sans m'entendre, et que vous me *jugeassiez* si sévère-
» ment. — Crois-tu que je ne *susse* pas à fond tous les sentiments de mon
» père?

» On craint qu'il n'*essuyât* les larmes de sa mère.

» C'est à moi *à* en prendre soin. — Il y a du plaisir *d'*être dans un vaisseau
» battu de l'orage, lorsqu'on est assuré qu'il ne périra pas. »

De telles phrases composent plus des deux tiers du volume de M. Rémy. Mais j'espère qu'en voilà assez. En voilà assez pour bien mériter de MM. Noël et Chapsal, qui sans doute nous offriront une récompense pour le joli chapitre que nous venons d'ajouter à leurs *Exercices français sur l'orthographe, la syntaxe et la ponctuation*.

Encore un spécimen pourtant de la rédaction de M. Remy.

« § 55. NOUS S'EMPLOIE PAR un roi dans plusieurs formules. »

« § 142. Le pronom y se place après le verbe, lorsque celui-ci est à l'im-
» pératif, *si ce n'est que la phrase soit* négative; dans ce cas y précède le
» verbe. »

M. Rémy pose en principe que :

« *Quiconque* peut être suivi ou non suivi du pronom *il* : *Quiconque* décou-

» vrit les diverses révolutions des astres, *il* fit voir par là que son esprit te-
» nait de celui qui les a formés dans le ciel. »

Il ne distingue pas le régime indirect du sujet :

« § 87. *Eux* est nominatif du verbe. Exemple : Ces beaux talents se dé-
» couvrent *en eux* du premier coup d'œil. »

Il ne distingue pas mieux un substantif d'un adjectif.

« § 424. Des adjectifs terminés au masculin en *ic* font au féminin *ique* ;
» exemples : Les grands ne craignent pas *un public* qui les craint et qui les
» respecte. Cette multitude de livres dont *le public* est accablé. *Le public*
» révolté s'obstine à l'admirer. »

Tous les temps des verbes se confondent dans son esprit. Après avoir dit, paragraphe 1019 :

« Le présent de l'indicatif exprime l'affirmation comme ayant lieu au
» moment de la parole , »

Il donne pour exemple :

« Il n'y *a* jamais *eu* que mademoiselle de Longeron à qui madame la
» princesse en A *parlé*. — La plupart des naturalistes *ont cru* qu'il n'y *avait*
» qu'une espèce d'animal qui *fournît* le parfum appelé civette. — Ces trois
» grands hommes *commencèrent* à demeurer dans la terre de Chanaan ,
» mais comme des étrangers, jusqu'à ce que la faim *attira* Jacob en Egypte.
» — Lucain *fut* d'abord ami de Néron , jusqu'à ce qu'il *eut* la noble impru-
» dence de disputer contre lui le prix de poésie. »

Il traite de même tous les autres temps :

« § 1037. L'imparfait exprime une action comme présente relativement
» à un temps passé ; exemples : *Évite* de rien *faire* qui *puisse t'attirer* l'en-
» vie. — Les poëtes *eussent chanté* le diable , si par impossible le diable
» *était resté* vainqueur. »

Il met le passé antérieur où il faudrait le conditionnel passé :

« § 1040. Sans vous , j'*eus rendu* à ma famille toutes les richesses que
» j'en avais reçues. »

Il est rare que les exemples aient le moindre rapport aux règles :

« § 425. Des adjectifs terminés au masculin en *ec* font au féminin *ecque* :

« En morale comique , il est permis , je crois,
« Aux Frontins de punir l'avarice des tantes ,
« Et de berner un peu les *caduques* amantes. »

Il est surtout curieux de lui voir donner des milliers de règles pour une qui pourrait les comprendre toutes :

« Des adjectifs terminés au masculin en *nel* font au féminin *nelle*. — Des
» adjectifs terminés au masculin en *inel* font au féminin *inelle*. — Des ad-
» jectifs terminés au masculin en *bel* font au féminin *belle*. — Des adjectifs
» terminés au masculin en *tel* font au féminin *telle* ; etc. »

« § 1045. *Je l'aurais aimé*, exprime plus particulièrement le temps où il aurait été aimé ; *j'eusse aimé*, exprime plus particulièrement le temps où il eût été aimé. »

Concevez-vous cela ?

Et M. J. Rémy ne procède pas autrement d'un bout à l'autre de son livre.

Et ce livre a trouvé un éditeur, M. Belin-Mandar, rue Christine ! Ce livre a été publié et annoncé à grands frais ! Ce livre a été recommandé dans les pensions par monseigneur l'archevêque de Paris !

Demandez si sa grandeur a fait le même honneur aux œuvres si salutaires de M. l'abbé Le Guillou.

Bien plus, toute la famille royale a souscrit à l'ouvrage de M. J. Rémy; ce qui prouve que la bonté de la famille royale est comme le soleil qui luit pour les bons comme pour les méchants. A dire vrai, elle ne pouvait faire moins pour un ouvrage paraissant sous les auspices des représentants de 65 départements, au nombre desquels se trouvent MM. Guizot, Odilon-Barrot, Passy, Cormenin, Debelleyme, Viennet, Salvage, etc.

Oui, le livre de M. J. Rémy a paru sous de tels auspices ; il a été imprimé, non pas comme *l'Asmodée*, à Genève, cette ville autrefois française, mais qui n'est pas obligée de l'être encore ; non pas à Vienne, à Dresde, à Berlin, où l'on n'est encore qu'à demi Français, mais à Paris, à Paris même, cette métropole des sciences et des arts, ce foyer des lumières, ce centre de l'intelgence et du goût !

Oui, il y a, à Paris même, des éditeurs qui accueillent de telles aberrations, il y a des imprimeurs qui les impriment, il y a des libraires qui les vendent, il y a des députés qui les recommandent, il y a des feuilletonnistes qui y consacrent les neuf colonnes de leur feuilleton ; il y a des êtres inqualifiables qui les achètent.

Oui, de tels barbouillages s'épanouissent superbement au soleil de la publicité, tandis que les beaux vers de mon ami Rocques s'étiolent dans leur portefeuille. De telles guenilles, d'insolents libraires les étalent glorieusement dans l'endroit le plus apparent de leur friperie, tandis qu'ils laissent moisir dans un coin les œuvres séraphiques de Gustave de la Noue et d'Édouard Turquety, dont le moindre hémistiche suppose plus de mérite que des milliers de volumes comme ceux dont nous parlons.

Des vers ! vous disent ces maîtres frip... fripiers, en vous tournant le dos ; des vers ! est-ce que quelqu'un lit des vers ? Faites de la prose', mon cher . de bonne grosse prose bien substantielle ; le public ne vit que de prose. Les vers pour lui, c'est de l'eau claire ou de la crème fouettée.

Il est vrai que le public n'a pas un goût des plus raffinés. Il mange volontiers à la gamelle comme le dernier des goujats, et regarde plutôt à la quantité qu'à la qualité. La plus détestable ripopée, vous voyez qu'il la préfère au nectar et à l'ambroisie.

Que voulez-vous! les sots s'entendent à merveille ; ils s'admirent les uns les autres. *Asinus asinum fricat.* Il n'en est pas de même des gens d'esprit. Ceux-ci se comprennent peut-être, mais ils ne s'admirent pas le moins du monde, du moins dans le sens réciproque. C'est pourquoi l'isolement est leur partage, l'isolement et l'humiliation.

Pauvre poésie, bel ange du ciel, que viens-tu faire sur la terre, au milieu des serpents et des scorpions qui la peuplent de toutes parts, au milieu des J. J. de toute taille, de toute forme et de toute couleur, qui rampent dans l'herbe sous tes pieds? Ah! ne souffle pas, ne bouge pas, retiens ton haleine et tes mouvements, car te voilà dans une caverne plus dangereuse que celle de Molina. Pauvre poésie, que viens-tu faire parmi les hommes? Les hommes se rient de tes chants inspirés; ils insultent à ta couronne de vierge ; ils n'ont d'oreilles attentives que pour les récits grossiers d'un trivial écrivain, ou pour les folies hystériques d'un barbouilleur de papier, pour les romans de Paul de Kock ou les feuilletons de J. J. Pauvre poésie, que viens-tu faire parmi les hommes? Que viens-tu faire dans cet égout de débauches et de corruption? Hélas! t'y faire broyer sous la triple roue de l'égoïsme, de l'orgueil et de la bêtise ;

A moins que, remontant sur ton char de flamme, tu ne broies les sots à ton tour;

A moins que, trempant ta plume dans le fiel, tu n'apprennes toi-même à mordre et à déchirer.

Qu'ils sentent ta plume envenimée courir brûlante et aiguë sur leur peau calleuse, alors les hommes t'écouteront.

Mais ne soyons pas injuste, en généralisant trop le blâme. Au-dessus de ce public grossier dont nous parlions tout à l'heure, il y a un public, peu nombreux, il est vrai, mais choisi, mais distingué, qui, quoi qu'en disent les libraires, préfère les vers à la prose. les poëtes aux prosateurs. Je n'en veux d'autre preuve que le succès d'*Amertumes et Consolations,* je n'en veux d'autre preuve que les vives sympathies dont moi, le plus humble de tous, je me suis vu l'objet de la part de tous ceux qui avaient lu mes vers.

Je ne sache pas que les feuilletons de J. J., malgré leur grand rapport, lui aient valu autre chose, au moral, que d'invincibles antipathies. Il s'en venge en décriant la poésie, qui ne l'a jamais honoré d'un sourire. Il agit comme ces infâmes, qu'aucun terme vil ne peut assez qualifier, lesquels montent des cabales contre une actrice jeune et jolie, à laquelle ils n'ont pas su plaire; il agit comme ces infâmes qui retirent à une pauvre jeune ouvrière les moyens d'existence qu'ils fournissaient à son travail, à ses veilles, parce qu'elle ne veut pas condescendre à leurs sataniques désirs.

O misérable bourreau de l'art! odieux persécuteur de tout ce qu'il y a de noble et de beau! Néron de la poésie, que tu livres aussi aux bêtes!

Mais, par sa gorge, il en a menti dans tout ce qu'il débite d'outrageant contre celle dont l'éclat lui brûle les yeux, et dont l'aspect l'excite à s'enfler comme la grenouille de la fable.

Si les vers ne se vendent pas, s'il est vrai que les poëtes soient seuls à poursuivre leur ingrate carrière, avec la perspective d'être encore seuls à lire leurs œuvres, c'est que les libraires, c'est que les journalistes, ne font rien pour les vers, ne font rien pour les poëtes. « Les vers, ça mange le papier, » disent-ils comme pour faire montre d'esprit. Pour tenter l'avidité de ces cerbères, il faudrait qu'il en fût des vers comme des pierres précieuses; il faudrait que le prix des vers fût en proportion de leur supériorité sur la prose, qu'ils se vendissent au poids de l'or, comme les colliers de perles et les couronnes de diamants, que les grandes dames seules peuvent acheter, et que la fortune répondît au rang dans la hiérarchie intellectuelle. Alors vous verriez plus d'un fripier s'ériger en joaillier; car alors le public d'élite dont j'ai parlé, quelque rare qu'il soit, suffirait aux affaires de son commerce; alors il se ferait un titre de ce qu'il dédaigne aujourd'hui, parce que l'or seul le tente, l'or seul le meut sur son pivot. L'or, c'est le vent qui fait tourner toutes ces girouettes, les journalistes et les libraires.

Les journalistes, ne nous en plaignons pas trop pour notre compte. Il y aurait de l'ingratitude. Nous l'avons déjà fait une fois, et le *Courrier Belge* nous a noblement répondu :

« Maintenant, dit-il, que nous avons pris la défense du genre hu-
» humain contre M. L. N., il nous permettra de prendre un peu celle de

» journalisme. Il l'accuse d'être hargneux et sans conscience à l'endroit
» de la critique, de n'apercevoir que des poutres dans les yeux d'un écri-
» vain débutant et de louer ou de censurer à tant la ligne. Nous déclarons
» que nous avons très-souvent loué M. L. N. sans recevoir de lui le moindre
» schelling, et que nous nous empressons encore de le louer aujourd'hui
» sans que nous en ayons reçu davantage. Nous n'avons pas de raisons pour
» croire que nos confrères aient été moins désintéressés que nous, ni que
» M. L. N. ait été à leur égard plus magnifique. »

Le *Courrier Belge* eut raison. Pour la plus grande gloire de Dieu, tous les journalistes, en effet, ne sont pas des J. J. ou des Deschamps; tous les journaux ne ressemblent pas au *Journal de Bruxelles* ou à la *Gazette de France*. Il y a parmi eux d'honorables exceptions, qu'il serait injuste de confondre dans le même anathème. De ce nombre sont certainement le *Courrier Belge*, *l'Émancipation*, *l'Univers*, *le Courrier Français*, *le Charivari*, etc., etc., etc. A ceux-là je fais amende honorable, en les priant de me continuer leurs bonnes grâces, et de me conserver toujours une bonne place dans leur cœur et dans leur feuilleton.

Daigne aussi ce public d'élite, ce public composé principalement de nobles et belles dames, qui a si bien accueilli nos *Amertumes et Consolations*, accueillir de même nos prochaines *Fleurs du Danube*, sans attendre le bien ou le mal qu'en pourront dire les journaux. S'il savait à quoi tiennent le plus souvent les critiques et les éloges des journaux, il rougirait certainement de les prendre pour règle de son choix. Mais l'expérience n'est-elle pas là pour lui prouver à quel point on abuse quelquefois de sa confiance, de sa candeur, de sa bonhomie? Il ne doit pas moins se tenir en garde contre les affiches et les annonces hors de proportion. Il peut être sûr que c'est de la poudre que les libraires lui jettent aux yeux. Il n'a qu'à se rappeler les affiches monstrueuses, colossales, pyramidales, qui signalèrent l'apparition du *Dictionnaire des Dictionnaires*. L'annonce d'un bon livre est modeste comme le mérite dont il fait preuve. Que le public se le tienne pour dit, s'il ne veut pas s'exposer encore à d'amers repentirs. Qu'il daigne agréer du moins nos sincères remercîments, et les vœux non moins sincères que nous faisons au Ciel pour qu'il le protége contre les incursions des barbares qui le menacent de toutes parts.

Vienne, Avril 1843.

PENSÉES MORALES.

I.

Qu'est-ce qui a des yeux louches pour voir le bien et des poumons d'airain pour publier le mal? demandait-on à Mme Louise C*****. — J. J., répondit-elle sans hésiter.—Non, madame, c'est l'Envie.

II.

Il règne dans les préfaces de Napoléon Landais et dans tous les écrits de J. J., un ton d'outrecuidance qu'il faut vraiment voir pour y croire.

III.

M. J. J. a longtemps passé pour un homme d'esprit. L'esprit est-il donc l'art de débiter imperturbablement beaucoup de sottises!

IV.

Lequel est le plus utile à l'État de J. J. ou de Napoléon Landais? Voilà une question à soumettre aux chambres.

V.

Le cœur et la raison ne comprennent point d'autre langage que celui de la justice et de la vérité : jugez du cœur et de la raison de J. J. par son langage.

VI.

Je ne sais qui a dit : L'esprit est à la raison ce qu'est le fard à la beauté; il frappe au premier coup d'œil, déplaît au second et flétrit à la longue. N'est-ce pas là l'histoire de J. J.?

VII.

Admirez l'importance que se donne J. J. Sûrement il est d'un homme de se tromper, mais il est de J. J. de persévérer dans son erreur.

VIII.

N'est-ce pas des feuilletons de J. J. qu'on peut dire qu'ils ressemblent à des échaudés dont le dedans est vide?

IX.

La vérité entre dans l'oreille des rois dans la même proportion qu'elle sort de la bouche de J. J.

X.

L'oubli suffoque la vanité. Aussi que M. J. J. gagne un château ou qu'il se marie, qu'il tousse ou qu'il éternue, ne manque-t-il pas d'en donner avis à tout l'univers.

XI.

Regardez, contemplez, écoutez J. J. Voyez comme il est vrai que la vanité sait tirer parti de tout, même de ses défauts, même de ses ridicules.

XII.

La philosophie nous apprend à supporter les caprices du sort et les feuilletons de J. J.

XIII.

Les meilleurs fruits sont ceux auxquels s'attachent les guêpes, et les plus honnêtes gens sont ceux que déchire la calomnie, comme les meilleurs ouvrages sont ceux que mord J. J.

XIV.

Étudiez moins l'art de bien dire que la science qui apprend à juger sainement, aurait dit Pithou à J. J.

XV.

La prose de J. J. brillantée, mais vide de sens, ressemble à un verre de cristal rempli d'eau claire.

XVI.

Nul, dit-on, ne peut être heureux s'il ne jouit de sa propre estime. S'il manque quelque chose au bonheur de J. J., ce n'est pas cela.

XVII.

En lisant les feuilletons de J. J., n'êtes-vous pas bien convaincu de cette vérité, à savoir que l'Envie mêle souvent son venin au fiel de la critique!

XVIII.

La critique de J. J. tourne sur un pivot comme une girouette.

XIX.

Le véritable écrivain ne fait pas de la littérature un métier, il ne passe pas tour à tour sous des drapeaux opposés, brûlant aujourd'hui ce qu'il adorait hier, à l'exemple de J. J.

XX.

La poésie est comme le soleil, que tel corps opaque, Gustave Planche ou J. J., peut un moment éclipser, mais qu'il ne saurait éteindre.

XXI.

La taupe doit-elle tracer la carrière de l'aigle? C'est pourtant là souvent une prétention de J. J.

XXII.

Une outre, c'est le vent qui la gonfle; M. J. J., c'est la présomption.

XXIII.

Monsieur J. J., pouvez-vous vous glorifier des avantages que vous avez ou que vous croyez avoir plus que la montre de son mouvement?

XXIV.

Être content de soi-même, ai-je lu quelque part, est la preuve certaine d'un mauvais goût. Voilà ce dont J. J. ne voudrait jamais convenir.

XXV.

Les jugements de J. J. ne sont pas une preuve de son jugement.

XXVI.

La preuve la plus certaine d'un esprit judicieux, a dit un sage, est l'aveu de son ignorance! M. J. J. n'a jamais avoué la sienne.

XXVII.

Comment s'enorgueillir de son esprit, s'il n'est que la preuve d'un goût faux et d'un mauvais cœur? A bon entendeur salut.

XXVIII.

Les Allemands disent que l'esprit de J. J. est un aliment bien indigeste pour la raison, malgré sa légèreté.

XXIX.

Comme l'envie à l'aspect du mérite et de la beauté, la prose de J. J. suffoque à l'aspect de la poésie.

XXX.

Ne voyez-vous pas dans le centaure de la fable une figure allégorique de J. J. s'efforçant aussi de faire périr sous sa plume, non moins infectée que la tunique de Nessus, des hommes que leurs triomphes élèvent au-dessus de l'humanité et qu'attend aussi l'apothéose?

XXXI.

La poésie est à l'âme ce que l'âme est au corps, ce que le soleil est au monde; et pour en soutenir l'éclat, J. J. n'est pas un aigle.

XXXII.

Les titres dont se parent certaines gens sont comme un cadre d'or à un mauvais tableau, comme la publicité du *Journal des Débats* aux feuilletons de J. J.

XXXIII.

Plus on a d'esprit, plus on se trompe, dit le proverbe: faut-il s'étonner que J. J. ait tant d'esprit?

XXXIV.

M. J. J. me dit un jour en se promenant fièrement, les mains dans ses poches : « Mme Louise C*****, qui est une très-jolie » femme, se fait recommander par toute l'Europe pour obtenir un » feuilleton dans le *Journal des Débats;* mais la conscience de » J. J. est une tour inexpugnable. »

XXXV.

La vanité abhorre l'oubli comme le coffre de l'avare abhorre le vide: c'est pourquoi dans les derniers efforts qu'il fait pour se soutenir à fleur d'eau, J. J. vous crie de tous les poumons qui lui restent : Je ne suis pas mort, je ne suis pas mort, je jouis de toutes mes facultés, je fais toutes mes fonctions, je bois, je mange, je digère, je mouche, je crache, j'éternue, je me marie, je fais des enfants, je suis gros et gras : preuve que *petit bonhomme vit encore.*

XXVI.

Qui ne regardera désormais les critiques, le silence même de J. J., comme un hommage rendu au mérite?

XXXVII.

On ne peut ambitionner les éloges que de ceux dont le suffrage est éclairé, aurait dit Mme d'Épinay à J. J.

XXXVIII.

Nous sommes tous des ignorants, mais l'ignorant qui fait le suffisant est au-dessous du singe, aurait dit Voltaire à MM. Napoléon Landais et J. J.

XXXIX.

Les Allemands prétendent qu'une once de jugement vaut mieux qu'un livre de l'esprit de J. J.

XL.

Un feuilleton de J. J. est un libelle contre le bon sens.

XLI.

Quelqu'un a dit: le style empathique et précieux nous choque parce qu'il semble exiger notre admiration. C'est pourquoi l'on ne lit plus les feuilletons de J. J.

XLII.

Les tours de force dans le style ne font pas le grand écrivain. M. J. J. n'est, dans la littérature, qu'un grand équilibriste.

XLIII.

En prenant un rôle au-dessus de ses forces, a dit quelqu'un, on le soutient mal, et on abandonne celui qu'on pouvait remplir. Dommage pour M. J. J. que les bouffons de cour n'existent plus! Mais que dis-je? il y a mieux, il y a les bouffons d'État, comme il y a les ministres d'État, les secrétaires d'État, les conseillers d'État, et M. J. J. est parfaitement dans son rôle. Il danse sur la corde, il fait le saut périlleux, et mille autres tours de passe-passe, non pas seulement pour le roi et les princes, mais pour toute la France, pour toute l'Europe, pour le pôle nord et pour le pôle sud, pour le couchant et pour le levant.

XLIV.

Demandez de la logique à MM. J. J. et Napoléon Landais, c'est demander un merle qui soit tout à fait blanc.

XLV.

O supériorité des modernes sur les anciens! un feuilleton de neuf colonnes ne coûte pas plus à J. J. qu'un distique ne coûtait à Properce et à Tibulle. A dire vrai, ils ne vivent les uns et les autres qu'en raison inverse de leur longueur.

XLVI.

Celui qui couvre son laid visage d'un beau masque et s'admire est-il moins sage que J. J. s'enflant de l'encens qu'il se donne?

XLVII.

Les feuilletons de J. J. sont à une page de Ballanche ou d'Alfred de Vigny, ou de Desbordes Valmore, ce que le tabac de la régie est aux cigares de la Havane.

XLVIII.

Vous faisant un mérite de votre ignorance, vous traitez de pédant l'homme instruit, comme s'il n'était pas démontré par l'exemple de J. J. et de Napoléon Landais que les plus ignorants sont d'ordinaire les plus pédants.

XLIX.

Il est à regretter que M. J. J. n'ait pas eu, dans son enfance, pour précepteur, un homme comme le cardinal Maury. Il aurait appris de lui que cet empressement qui cherche à faire valoir son mérite sans aucun égard pour celui des autres, que cet étalage de son esprit et de ses talents les discrédite, quelque distingués qu'ils puissent être; parce qu'il met à découvert la bonne opinion qu'on a de soi-même, et l'intention de s'arroger une espèce de supériorité.

L.

M. J. J. est-il un homme de mérite? — L'homme de mérite est celui dont les qualités utiles lui donnent des droits à l'estime générale.

LI.

Est-ce le mérite qui donne toujours la réputation? Considérez combien fut grande un jour la réputation de J. J.

LII.

Le soleil fait briller jusqu'aux insectes, comme le *Journal des Débats* fait briller J. J.

LIII.

Il est curieux de voir J. J. sautiller sur son petit théâtre comme un oison sur un plancher ardent.

LIV.

Étrange méprise! au lieu d'un sceptre, le roi des critiques ne tient qu'une marotte.

LV.

Il semble que J. J. n'ouvre un livre que pour se chatouiller en le critiquant. Monsieur J. J., chatouillez-vous donc jusqu'à en crever de rire.

LVI.

Les feuilletons de J.J. ne sont pas des critiques, mais des satires. La critique aujourd'hui n'est pas un juge, elle est un bourreau.

LVII.

A propos de M. J. J., le *Journal des Débats* est dans une étrange erreur, s'il s'imagine qu'il ne pourrait plus subsister sans ce *Fier-à-bras* de la littérature. Il n'est pas de jour où je ne sois témoin de la répugnance qu'inspirent à la fin ces jongleries de style sans cesse renouvelées, cette phrase sans fin non moins ductile que l'or, il est vrai, sinon aussi précieuse, que l'auteur de *l'Ane mort* étend sur sa nullité comme une dorure; toutes ces petites ressources d'un esprit frivole et faux, incapable de s'élever jusqu'aux sphères de la pensée : véritable feu de bois vert qui petille sans doute; mais qui, produisant plus de fumée que de flamme, ne fait que noircir et n'éclaire pas. Je vous le jure, il n'est pas une ville, pas un endroit où j'aie passé, pas une société où je me sois trouvé, où je n'aie vu se manifester les sentiments les moins équivoques sur ces *feuilletons monstres* qui envahissent à jour nommé, à heure précise, comme une marée montante, ce pauvre *Journal des Débats*. Si bien qu'on ne les goûte pas certainement; mais on les subit comme une dure nécessité. Ils passent comme une mauvaise marchandise parmi la bonne. A Vienne, par exemple, où l'on appécie pourtant la littérature française à ce qu'elle vaut, on préfère de beaucoup M. Saphis à M. J. J. Combien je regrette de ne pas savoir encore assez bien l'allemand pour pouvoir apprécier moi-même M. Saphis, un type d'homme admirable! Les dames en font l'objet de leur éternelle contemplation; elles se le disputent, elles se l'arrachent, c'est-à-dire, son journal, ses brochures, sa prose ou ses vers. Je parle ici par métonymie.

Mais revenons à nos bêtes; je veux dire à M. J. J.; c'est encore une figure de rhétorique.

Voilà donc où en sont les choses à l'égard de ce roi du feuilleton dont le sceptre est une marotte; et cela se comprend aisément. Est-il, en effet, dans le monde un être si misérable, qu'il se résignât volontiers à entendre toute sa vie la même ritournelle, à voir éternellement les mêmes tours de force même du plus habile écuyer, à admirer sans relâche de ses yeux constamment ouverts les mêmes pièces d'artifice, si brillantes d'ailleurs qu'elles fussent? Ainsi que le *Journal des Débats* l'efface demain de ses colonnes, et si M. J. J. y brille encore par son absence, je sais bien de quelle manière. Il en sera de lui comme d'un poids énorme dont on se sent soulagé, ou comme d'une plaie dont on est guéri : à quelques jours de là on n'y pense plus.

LVIII.

En voyant le libraire Didier s'intituler fièrement éditeur des œuvres de Thiers, de Guizot et de *Napoléon Landais*, ne vous prend-il pas des envies de rire?

Le libraire Charpentier publie SILVIO PELLICO ILLUSTRÉ. Il proclame la traduction de M. Antoine de Latour comme la meilleure. Certainement elle vaut mieux que celle de M. Bouzenol, publiée par M. Curmer. Elle l'emporte même de beaucoup sur celle de M. Theil, publiée par je ne sais qui, laquelle, soit dit en passant, fourmille de solécismes; mais dire qu'elle est la meilleure, c'est dire que M. J. J. est le meilleur de nos écrivains, ou que M. Napoléon Landais est le premier des chimistes. Nous nous faisons fort de prouver, pièce en main, qu'elle n'est pas la meilleure. Elle n'est la meilleure aux yeux de M. Charpentier, que parce qu'il en est propriétaire. Cette propriété ne lui coûte peut-être que l'honneur, très-grand, il est vrai, qu'il a fait aux poésies de M. de Latour, en les admettant dans sa collection d'auteurs *choisis*.

LIX.

Pour une prise de tabac dans les yeux, l'excellent cousin de Marie, dans la pièce d'*Arthur, ou Seize ans après*, dit : « Monsieur, je ne criais pas, je beuglais, oui, je beuglais, » ajoute-t-il avec une recrudescence d'expression douloureuse. Pour les yeux de l'envie, l'apparition d'une nouvelle œuvre de Victor Hugo est bien autrement terrible : elle les lui brûle. Étonnez-vous donc de l'entendre, non pas crier, mais beugler, mais hurler, puis mugir comme une bête féroce blessée au vif.

LX.

Si les *Burgraves* étaient réellement une œuvre médiocre, l'envie satisfaite, ou du moins soulagée, ne s'acharnerait pas sur eux avec tant de rage; elle irait même jusqu'à leur donner quelques éloges protecteurs.

LXI.

Dites, mon cher monsieur de Vigny, tous ces zoïles damnés s'évertuant avec tant de fureur sur la poésie, ne vous font-ils pas l'effet d'une troupe de pourceaux lâchés dans une riche prairie émaillée de fleurs? Allez! les ordures qu'ils y déposent n'auront servi qu'à féconder le sol de plus en plus; ce gazon si vert, si odorant, ces fleurs si variées qu'ils ont un moment flétries, n'en renaîtront que plus belles et plus brillantes. Quel ouvrage fut plus dénigré que le *Télémaque?* Quel poëte fut plus maltraité que le Tasse? Mais qui sait aujourd'hui les noms de leurs détracteurs?

LXII.

Oh! d'un certain journal voyez la morgue extrême,
De toute œuvre nouvelle il veut avoir la crème.
Se créant de son chef juge en premier ressort,
Il prétend, l'orgueilleux, qu'à sa barre suprême
Toute question d'art doit se juger d'abord;
Sinon avec mépris, du bout de sa sandale,
Il la rejette alors comme une chose sale,
Qui souillerait, dit-il, ses feuilles de vélin,
Où tant d'insectes vils, myriade infernale,
Dégorgent pourtant leur venin.

LXIII.

Il est une *gazette*, une vieille sibylle,
Hydropique et d'orgueil et d'envie et de bile,
Qui s'était promis sur l'honneur
De rafraîchir un peu sa figure enfumée
Et décrépite à faire peur,
Avec la pure essence, avec l'eau de senteur
Qu'une muse avait exprimée
Du calice embaumé de sa plus belle fleur.
Mais de la vieille, hélas! tel est l'affreux vertige,
Que son pied ne sait plus suivre le droit chemin,
Qu'elle ne comprend plus, combien son sort m'afflige!
Ce que sa bouche dit ni ce que fait sa main;
Ce qui fait qu'elle erre, vous dis-je,
Du matin jusqu'au soir, du soir jusqu'au matin;
Ce qui fait qu'elle a pris, pour recrépir son teint,
Au lieu du vase à nard le vieux pot aux emplâtres,
C'est-à-dire qu'elle a de ses deux mains jaunâtres
Incessamment puisé dans l'ignoble bahut,
Où ses écrivains mercenaires,
Sortant à jour nommé de leurs sombres repaires,
S'en viennent déposer leur prose de rebut.

LXIV.

*A mon ami J. B. S*********.*

Zizi, dis-tu, va me réduire en poudre;
Mais, va, ses mains ne lancent pas la foudre.

Ne sais-tu pas qu'à l'oubli condamnés,
Tous ses écrits sont des enfants mort-nés ?

LXV.

Au même.

En vain Zizi voudrait m'atteindre
Des méchancetés qu'il écrit :
Ce n'est pas moi que tu dois plaindre,
Mais tout noble cœur qui le lit.

LXVI.

Zizi, ce fier pygmée armé contre les dieux,
Ne cesse de traquer l'ange au vol radieux
Qui révèle ici-bas les splendeurs éternelles ;
Mais la Muse plus haut s'élançant vers les cieux,
La Muse ose braver les atteintes cruelles
De ce gros bipède aux pas lourds,
Qui ne craint pas du moins qu'on lui coupe les ailes,
Lui qui rampe toujours.

Parmi cette multitude inouïe d'endiablés jugeurs, à l'humeur tranchante, qui se mêlent de faire le procès aux écrivains de notre époque, je n'en connais qu'un bien petit nombre qui n'opinent pas absolument du bonnet. La plupart n'écrivent que pour écrire, daignent à peine lire une page du livre dont ils rendent compte, trouvant dans le titre seul abondante matière à gloser, suivant en tout leur caprice et leur fantaisie. Heureux le poëte dont le terrible analyseur n'a point à se plaindre ce jour-là de sa maîtresse ou de quelque autre fatalité ! Le pauvre poëte se trouverait à point nommé sous la main du critique impitoyable pour essuyer tous les débordements de sa bile.

Moi, qui vous parle, j'en sais vraiment quelque chose. Écoutez, en passant, la petite anecdote que voici :

Un jour M. Nettement, un des rédacteurs les plus influents de *la Mode* et de *la Gazette de France*, de qui les jugements sont regardés comme des oracles dans le public (le public de M. Nettement s'entend), venait de rentrer chez lui fort contrarié, je ne dirai pas pour quelle cause, lorsqu'il aperçoit sur sa table trois nouveaux volumes de poésies, qui attendaient humblement le bon vouloir du maître. Saisissant au vol l'occasion présente d'exhaler sa mauvaise humeur, il s'arme aussitôt de sa plume, et, d'après le titre seul des ouvrages, il se met à épiloguer, dans une longue épître à feu Boileau Despréaux, aux dépens de Mme Louise Collet, de M. le baron Coppens et de votre très-humble serviteur. Il s'entretenait dans cette épître de mille choses, excepté de nos livres. Le lendemain quelqu'un de ses amis qui était de mes amis, lui dit : « Je suis fâché que vous ayez parlé légèrement de l'auteur d'*Amer-* » *tumes et Consolations* dans votre feuilleton de *la Mode*. — Com- » ment! vous connaissez ce jeune homme? — Oui; et je m'inté- » resse à lui et à son talent. — *Ma foi*, répondit l'autre, *quand* » *j'ai écrit cet article, j'avais autre chose en tête que de scander* » *des vers.* » (Historique.)

A cet égard, la pluie et le beau temps ne sont pas non plus chose indifférente. L'atmosphère influe considérablement sur l'humeur des feuilletonnistes.

L'humeur et le besoin de faire parler de soi sont pour beaucoup dans les algarades de Gustave Planche.

Iste tulit pretium jàm nunc certaminis hujus,
Quod, cùm victus erit, cum, (Victor Hugo) *certasse feretur.*

Mais pour en revenir à M. Nettement, ce critique si consciencieux, surtout si habile, qui juge d'un livre par le titre seul et qui s'en vante, voici ce qu'il disait, entre autres gracieusetés, à Mme Louise Collet : « *Du champagne n'est pas français;* on dit : *du vin de Champagne.* » Et pourquoi, monsieur Nettement, cette ellipse ne serait-elle pas permise? Pourquoi ne dirait-on pas d'un vin délicieux : *c'est du vrai champagne,* comme on dit, par exemple, d'un style insipide, incolore, pâteux, lourd, parfaitement soporifique : *c'est du vrai Nettement, c'est du Nettement tout pur?*

Comment un journal qui possède un si grand grammairien peut-il renfermer des fautes comme celle qui se trouve dans cette phrase :

« Mlle Théroigne de Méricourt ne pouvait manquer d'être *une* des » coryphées du Palais-Royal. » (La *Mode*, lundi 25 septembre 1842.)

VIENNE. Mai 1843.

ÉPIGRAMME.

A Madame ******.

Quel caprice nouveau t'émeut encor la bile?
Tu m'appelles, dit-on, un ANE DE VIRGILE.
Quel est cet animal? Buffon n'en parle point.
Cuvier n'en souffle mot. Mais n'importe. Le point
C'est qu'il ne te plaît pas. Je devine, ma belle.
Il te faudrait plutôt l'âne de la PUCELLE.

Juin 18[illegible]

LES

PETITES MISÈRES DE LA VIE.

Chacun dans ce bas monde a son mauvais génie,
Comme chaque racine a son ver destructeur.
Il n'est point de lumière, il n'est point de splendeur
Qui n'ait sa pureté par quelque ombre ternie.
    La critique, la calomnie
    Cherchent la gloire et la grandeur,
    Comme la chenille la fleur.
Sous un taon qui le mord, sous une vile mouche,
    Le taureau, l'écume à la bouche,
    Le taureau mugit de douleur.
    Chaque fortune a son malheur:
La richesse a la goutte, et la gloire, l'envie,
Affreux serpent caché sous l'herbe de la vie.
    Chaque délice a son aigreur,
    Comme chaque coupe, sa lie.
La vérité gémit sous le joug de l'erreur,
    La raison subit la folie,
    Le poëte, les traducteurs,
    Et de plus les commentateurs,
    Maîtres de langue et professeurs.
La souris a le chat pour lui faire la guerre:
    La brebis, le loup; — le vassal,

Son seigneur; le mari, sort encor plus fatal!
A sa femme et sa belle-mère;
Le tenancier a le fiscal;
Le roi, les députés; le public, maint libraire;
L'écolier, Noël et Chapsal.
Chaque lis éclatant, chaque corolle blanche
A son insecte au noir venin:
Victor Hugo, Gustave Planche;
Félix Rachel, Jules Janin.
Chaque pays de même a son épidémie,
Son fléau, sa paralysie,
Qu'il subit comme un joug de fer.
Or, Stamboul a la peste, et Londres, la phthisie,
Et Berlin, son pavé d'enfer.
Vienne a son ciel changeant; Naples, le mont Vésuve;
Rome, le siroco, puis ses marais Pontins,
Ses voleurs et ses assassins;
Paris, ce foyer, cette cuve,
Ses églises selon Vitruve,
Et son affreux quartier Latin;
Bruxelles, Deschamps et Robin.

LES

CLASSIQUES ET LES ROMANTIQUES.

J'ai sur beaucoup d'autres le privilége d'entendre répéter chaque jour depuis des années, d'après M. Gustave Planche et compagnie, que la littérature moderne est une littérature *facile*, *inutile*, *immorale*.

Et je voudrais bien demander raison de cette injure faite à mes poëtes, à mes auteurs de prédilection.

Mais comment oser, moi pauvre nain, me mesurer avec des géants de cette taille? Comment oser tenter une telle entreprise? Comment oser franchir la ligne tracée et gardée nuit et jour par Gustave Planche, dragon qui vomit, dit-on, de la flamme par les yeux, par la bouche, par les narines? Dieu me garde de tomber dans ses griffes, dont je sens, rien que d'y penser, les ardillons aigus et brûlants frémir et pénétrer dans mes chairs! O maître, ne me regardez pas, je vous en supplie, avec cet air sévère, ces yeux flamboyants, ces dents grinçantes; ne froncez pas ainsi l'épiderme, amortissez votre poil, remettez, s'il vous plaît, vos ongles dans le fourreau, apaisez vos rugissements. Votre Majesté aurait grand tort de se mettre en colère contre moi; car, sire, j'ai pour votre royale personne tout le respect, toute l'affection qu'elle mérite.

D'ailleurs suis-je un antagoniste digne de vous? Ne serait-ce pas pitié que de mesurer vos forces contre les miennes, ô Hercule! Le dogue écoute-t-il seulement l'aboiement obstiné d'un carlin à l'humeur un peu séditieuse. Ainsi donc : reprenez votre position naturelle, couchez-vous sur vos pattes, et, la tête sous le ventre, dormez en paix, sans faire attention à ce que je dis.

Je vous fais la même prière, à vous, grand roi du feuilleton, dont j'ai peut-être parlé avec un peu d'irrévérence. Vous si haut, moi si bas, j'espère que vous ne m'aurez pas entendu. En tout cas, dédaignez-moi tant que vous voudrez, appelez-moi *profane*, *ignorant*, *pygmée*, *atome*, *cigale*, *fourmi*, *cloporte*, ou de tout autre nom plus vil encore, mais ne vous vengez pas d'autre façon, ne vous abaissez pas jusqu'à moi, ne me faites pas l'honneur de me fouler sous vos pieds sublimes.

Vraiment n'ai-je pas sujet de trembler à l'aspect des dangers sans nombre auxquels je m'expose? Tant de tigres, de lions, de panthères, de chacals; tant de vipères et de serpents ; tant de bêtes féroces et venimeuses que je pourchasse à la fois dans la Forêt Noire de la critique : Janin, Napoléon Landais, Noël et Chapsal, Rémy, Deschamps, Robin, Gustave Planche! tant d'ennemis que je me suscite à la fois! tant de gueules ouvertes au-devant desquelles je me précipite, et dont la moindre suffit pour m'avaler! en vérité, c'est être par trop téméraire; en vérité, c'est faire fi de son existence : en vérité, c'est folie ou rage. Encore si j'étais un Jason, ou un Persée! Mais, hélas! je ne suis qu'un pygmée, un vrai *Fingerland*.

C'est que le cœur me saigne si fort à l'aspect des affronts sanglants, des outrages de toute sorte dont la poésie romantique est devenue l'objet journalier, qu'en dépit de tout je ne peux me taire. Pauvre poésie romantique, Gustave Planche vainqueur déjà te foule aux pieds. Te voilà mutilée, souillée, couverte de boue, traînée par le ruisseau. Tu ne pourras pas même éviter le coup de pied de l'âne. Il n'est pas jusqu'à Jules Janin qui ne te donne par-ci par-là son petit coup de dent.

Quoi! plus une voix désormais pour plaider sa cause; plus une lance, plus un canif, plus une plume tirée pour la défendre! On la verra mourir sans pitié, sans indignation, de sang-froid, cette belle vierge aux formes toutes célestes, à la voix suave, au regard divin, à l'âme si chaste et pourtant si passionnée! se peut-il que tant d'hommes forts et robustes qu'elle comptait jadis parmi ses amants, que tant de valeureux champions qui se disaient prêts à mourir pour sa défense, soient tout à coup restés pétrifiés, immobiles, devant cette nouvelle tête de Méduse, devant Gustave Planche!

Ah! je le dis tout bas, de peur qu'on ne m'entende, si je me sentais la force comme la volonté, ces messieurs ne seraient plus longtemps à escrimer seuls. Ils cesseraient bientôt de se vautrer ainsi, le ventre au soleil, sur l'herbe tendre, émaillée, fleurie de la nouvelle création. Je m'attacherais à leur cou, et leur ouvrant impitoyablement la bouche, je leur verserais dans le gosier le plomb fondu de ma prose ou de mes vers, pour les empêcher de crier que la poésie de Victor Hugo, c'est de la littérature facile. Blasphème!

Et lorsque autour de moi j'entends à tout propos répéter ce blasphème, je pourrais me résigner au rôle d'auditeur bénévole! Quand j'entends dire, dans une certaine sphère, que Victor Hugo *n'est pas digne de nouer les cordons des souliers de l'incomparable Boileau Despréaux*, je me tairais! Non.

Ah! c'est facile de faire les *Odes et Ballades, les Feuilles d'Automne, les Voix Intérieures, les Méditations*, etc. Ah! c'est facile de faire de tels vers, de tels poëmes, de tels chefs-d'œuvre! Ah! c'est facile de peindre les phénomènes intimes et extérieurs avec cette vigueur d'imagination, ces couleurs si vraies, si fraîches, si animées, si brillantes, qui nous font palper la nature, à nous autres hommes vulgaires qui ne voyons que par les yeux du poëte et du peintre ; à nous que le plus beau, le plus sublime de la création ne frappe qu'à travers le microscope du génie ! Quoi ! l'on prétend que les mots s'appellent les uns les autres, dans la poésie moderne ; on lui fait un crime de prodiguer à la femme les noms d'ange et de fleur ! La femme n'est-elle pas pour le poëte un ange céleste qui le console des maux de la vie, qui lui verse l'amour dans une coupe d'or ; une fleur suave dont le parfum le charme et l'enivre ?

Mais quiconque se plaint de cette poésie si chaste et si pure, s'il voulait bien se rappeler la manière de nos Ovides manqués, que dirait-il de ces expressions banales, ramenées sans fin dans leurs descriptions pas trop érotiques : *Cheveux d'ébène, bras faits au tour, seins de marbre, épaules d'albâtre, bouche de vermeil, teint de lis et de rose;* véritables signalements de passe-ports ?

Qu'y a-t-il en effet de plus ridicule à force d'être rebattu, de plus maigre et de plus décharné que ce style ! Ce n'est pas tout : qu'ils lisent toutes les descriptions possibles, de tempêtes, d'orages, d'étés, d'hivers, de printemps, d'automnes, de soleils levants, de soleils couchants, semées à profusion dans tous les poëmes épiques, ou didactiques, ou pastoraux, de la littérature classique, et qu'ils me disent si tout n'y est pas jeté dans le même moule, si l'on trouve dans l'un une idée, une expression qui ne soit pas dans l'autre.

Je ne me vante pas, moi, d'avoir une brillante imagination, je ne me vante pas d'avoir reçu le don de poésie ; et pourtant quand je me surprenais parfois à rêver sur les merveilles de la nature, je voyais dans le ciel, sur la terre, je sentais en moi quelque chose de vague, mais sublime, que je ne pouvais exprimer, et que je n'avais lu nulle part. Je n'insisterai que sur un fait physique.

Qui que vous soyez, impie ou dévot, froid ou exalté, profond ou superficiel, faites un effort, concentrez toutes vos idées, et grandissez-vous de quelques pouces, s'il est possible. Maintenant tournez vos regards vers les plaines célestes, promenez vos yeux dans l'immense horizon qui vous environne; choisissez la nuit ou le jour, pour vous mettre en contemplation devant l'œuvre du Créateur ; et puis, recueillant tous vos souvenirs classiques, dites-moi franchement si la poésie de Delille ou de Roucher a jamais su s'emparer du tableau qui se déroule immense à vos yeux. Delille, Roucher, Saint-Lambert, vous ont-ils jamais fait comprendre ces magnifiques effets de clair de lune, ces sublimes fantasmagories de nuages, ces harmonies mystérieuses de la nature, dont la réalité vous frappe, vous saisit, vous transporte ?

Le firmament si magnifique avec ses mondes infinis, ses myriades d'étoiles, ses mystères, ses profondeurs, n'était pour eux qu'une voûte *azurée, éthérée, étoilée*. Ils ne sortaient pas de là. Le soleil, c'était le *blond Phébus, aux crins dorés*, voyageant en chaise de poste, et se couchant le soir dans l'onde avec Thétis ; la lune, une courrière nocturne ; la nuit, une autre coureuse montée sur un char d'ébène. O merveilles de la mythologie, qui charmaient tant ce bon Boileau Despréaux, et auxquelles songe encore à nous ramener ce cher Robin, de Bruxelles, l'ennemi juré des anges et des archanges, l'adorateur fanatique de Vénus et de Cupidon!—Oh! pourquoi Dieu fait-il désormais dans nos jardins et dans nos prairies les fonctions de Flore, et, sur les mers, celles de Neptune ? Peut-être, auparavant, les roses brillaient-elles d'un éclat plus vif, peut-être exhalaient-elles une odeur plus douce; peut-être les pleurs de la terre tombaient-ils plus parfumés dans l'urne des mers; peut-être le ciel y voyait-il son image réfléchie plus splendidement; peut-être le chant de la brise était-il plus suave, plus mélodieux. Oh! pourquoi avons-nous chassé de nos fleuves et de nos mers, de nos bois et de nos vergers, tous ces dieux, toutes ces déesses, toutes ces nymphes, qui les animaient, qui les protégeaient, qui les fécondaient? Pourquoi l'Olympe est-il désert comme le Parnasse? Pourquoi plus un mot sur Vénus et sur Jupiter, sur les Cyclopes et les Lotophages, sur le Minotaure et la Pasiphaé, et sur la barque à Caron? Pourquoi plus de ces tant beaux vers qui faisaient les délices du siècle passé:

L'Amour en rougissant
Mène à Pasiphaé l'animal mugissant?

O Goths que nous sommes! ô impies, ô Titans nouveaux qui détrônons les dieux, qui brisons leur autel, leur coupe de nectar; qui soufflons sur leur encensoir! ô barbares, qui sur les ruines des temples grecs osons bâtir nos cathédrales, et remplacer les prodiges par les miracles, les sibylles par les prophètes, l'Olympe par le ciel, l'idole par le Dieu, le fini par l'infini, le mensonge par la vérité!

Quoi! le jour dans les cieux rayonnerait de même:
Les lis se pareraient de leur blanc diadème;
De rosée et d'amour leur coupe s'emplirait!
Aux flancs verts des rameaux le fruit se suspendrait!
De Cérès dans les champs mûriraient les trésors!
Le printemps sourirait dans l'herbe et dans la rose!
La même âme toujours vivrait dans chaque chose!
Et les dieux seraient morts!!

Les dieux sont morts, et le jour continue d'être mesuré à la création, et la couronne du matin n'a rien perdu de sa splendeur, et la nature poursuit son concert sublime, et le lit de fleurs de la poésie n'en est que plus éclatant et plus parfumé.

Non que je nie l'art antique, qui est et demeurera à jamais le type et la mesure infaillible du beau; mais que de l'imitation la plus parfaite des lignes et des formes de l'antiquité puisse sortir rien de vivant, s'il n'est animé par l'esprit de la Bible, voilà ce que ne peut admettre la raison humaine éclairée par le christianisme.

Soyons donc plus francs; convenons qu'il a fallu beaucoup

de génie pour s'éloigner ainsi de la voie commune, et s'en frayer une nouvelle et large à travers des milliers d'obstacles. Surtout, gardons-nous de rejeter si injustement sur l'art moderne la responsabilité de tout ce qui se fait en son nom et sous son manteau. Que de folles et téméraires imaginations se soient égarées en voulant suivre les traces des grands génies, cela est tout naturel ; mais que l'on donne pour attributs à la poésie romantique la *facilité*, l'*inutilité*, l'*immoralité*, cela est par trop bouffon. Non, l'art moderne ne comporte pas tant de mauvaises qualités ; ne prescrit pas l'affranchissement de toutes les règles, de toutes les convenances. Tel a fait *les Feuilles d'Automne*, qui pouvait ne pas faire *le Roi s'amuse*, bien que ce drame renferme des beautés dignes de Corneille.

Certes, personne n'ignore que de la meilleure école sortent de mauvais élèves. Les Pradon, les Lasserre, les Cotin, pullulent aussi de nos jours. Armez-vous donc de votre massue, vous, Gustave Planche ; et, nouvel Hercule, purgez le champ littéraire des nouveaux monstres qui le désolent. Prenez toute œuvre *facile*, *inutile*, *immorale*, et sacrifiez-la sans pitié sur l'autel de votre dieu : *l'Ane mort et la Femme guillotinée*, *Barnave*, *le Chemin de Traverse*, *Souffrances et Consolations*, au titre usurpé, *la Grammaire des Grammaires*, le *Dictionnaire des Dictionnaires*, les empiétements toujours croissants de M. Noël, les aberrations de *la Gazette*, les poésies de Deschamps, de Bruxelles, ne voilà-t-il pas de quoi excuser votre critique ?

Mais je vous entends, votre dieu est trop grand seigneur pour se contenter d'offrandes pareilles ; il vous faut des victimes plus augustes ; par exemple, Victor Hugo et Chateaubriand.

Ainsi, monsieur Gustave Planche, vous niez le mérite de ces grands hommes ! Ainsi, reportant toute votre estime sur Boileau Despréaux, vous vouez le plus grand mépris à

Victor Hugo, à Chateaubriand! Que leur destinée est à plaindre! Ainsi vous niez l'art moderne; vous désavouez sans honte cette poésie si vraie, si animée, si vivante, si pleine de passion, que respirent les œuvres du jour!

Quoi! vous n'avez d'amour que pour cette poésie froide et guindée, dites *poésie classique*, qui ne crée rien, qui n'invente rien, qui ne tire rien de son propre fonds; actrice sans feu, sans mouvement, sans physionomie, qui répète sa leçon comme un écolier! Vous n'avez d'admiration que pour ces poëmes si fastidieux, si pâles, si monotones, si parfaitement soporifiques, non moins délayés qu'un feuilleton de Jules Janin, et non moins fatigants avec leurs éternelles descriptions, leurs interminables allégories, leurs faunes et leurs satyres, leur Neptune et leur Jupiter, leur Vénus et leur Cupidon, leurs Parques et leurs Furies, et tout l'attirail mythologique!

Or, qui nous a débarrassés de tout ce fatras, auquel les épithètes de *facile* et d'*inutile* dont on gratifie si généreusement, après vous, l'art moderne, sont mille fois plus applicables? Qui nous a montré la nature dans toute sa beauté poétique et vraie? Qui les a bannies sans retour, toutes ces divinités fades qui peuplaient nos jardins, nos vergers, nos bois, nos prairies, tristes accessoires dont l'œuvre du Créateur n'a pas besoin pour s'embellir? Qui nous a révélé le beau réel, quoi qu'on en dise? Qui nous a fait pénétrer dans cette atmosphère de délices, de parfums et de mélodies, où l'âme, se dégageant de tout lien terrestre, s'élève à mi-chemin du ciel, et se fond de ravissement et d'extase? Qui mieux que nos poëtes modernes a compris l'amour? Qui lui prêta jamais de langage plus pur, plus suave, plus vrai, plus éloquent, de forme plus chaste et plus céleste?

Vous connaissez *Atala, Réné, les Martyrs, Éloa, les Pleurs?* et vous n'êtes pas tombé d'admiration devant ces peintures sublimes des plus pures affections de l'âme!

Non, vous avez traité tout cela de fantastique, de vaporeux, de surnaturel, de forcé; vous avez dit: Ce n'est pas ainsi que je vois, que je sens, que je m'exprime. Et pourquoi? — Ne rougiriez-vous pas devant la réponse nue de cette question? — Pourquoi? — Faut-il donc que les profanes soient introduits dans le sanctuaire, que ce qui n'a pas d'ailes fende les nues!

Que l'on pourrait bien appliquer à ces sortes d'*aveugles*, de *sourds* et de *paralytiques*, ces paroles du psaume: *Oculos habent, et non videbunt; aures habent, et non audient; manus habent, et non palpabunt.* Le ver de terre est-il fait pour planer dans les cieux?

Eh bien donc, que le serpent siffle et rampe; que la grenouille coasse dans sa mare impure, que l'insecte adhère à la boue; mais que l'aigle prenne l'essor et qu'il ose braver le soleil.

Ah! vous ne comprenez pas, dites-vous, et vous en accusez ces hautes intelligences qui pourtant vous versent la lumière à torrents. Est-ce donc leur faute, si l'on n'a ni cœur ni âme?

Ah! c'est leur faute! Et raisonnant d'après ce principe, vous ne leur laisserez en d'autres occasions que le mérite d'agir sur vos nerfs! — Mais, selon moi, ce n'est pas un mérite si médiocre que de pouvoir inoculer la peur et la pitié, même dans la matière, chez ceux qui ne sont que *matière.* Vous allez m'opposer *Racine*, *Voltaire*, *Crébillon:* eh bien, que prétendez-vous m'en dire, de ces grands hommes? Que leur style est vraiment *goûté*, *compris*, *senti* de tout le monde; et voilà ce que de son vivant Racine lui-même aurait démenti pour sa part. Rappelez-vous que la *Phèdre*, cet admirable chef-d'œuvre classique, n'eut que huit représentations, qui furent sifflées. C'est qu'en France on n'a bien compris le théâtre que fort tard. Shakspeare, Goëthe, Schiller, ont déchiré le voile qui couvrait nos yeux, et nous ont montré que la scène ne doit pas être une chaire de déclamation, que l'art dramatique consiste moins dans les mots que dans les effets. Croyez-vous par hasard que les élégies, les dissertations, les récits sans fin de la tragédie classique soient beaucoup plus difficiles à imaginer que la chaleureuse action du drame moderne? Croyez-vous que l'idée même d'une *charpente* ingénieuse n'ait pas son mérite au théâtre, où l'on se rend moins pour entendre de longs discours que pour voir un beau spectacle? Feuilletonnistes, faites des feuilletons; orateurs, tonnez à la tribune; socialistes, réformateurs, hommes de secte et de parti, étalez-vous à l'aise dans l'in-quarto ou dans l'in-plano; mais n'accaparez pas la scène, dont le but est de nous montrer des tableaux en action de la société.

Ces tableaux sont trop crus, dites-vous, parfois immoraux. *Antony*, par exemple? — *Antony!* Que voyez-vous donc de si immoral dans ce drame? Une pauvre victime de la société, une femme qui lutte de toutes ses forces contre son cœur, qui préfère la mort à la honte de son époux... Oui, oui, vous avez raison, ne menez pas vos chastes moitiés voir *Antony*. La société moderne n'est pas à la hauteur de tant de vertu.

Les philosophesques déclamations de Voltaire, l'amour incestueux de Phèdre pour Hippolyte; Oreste, meurtrier de sa mère; OEdipe, meurtrier de son père, époux de sa mère; Médée qui coupe en morceaux ses propres enfants; Atrée qui sert à son frère, dans un festin, deux enfants, fruits de son crime: voilà, certes, des spectacles très-gracieux, très-édifiants, très-moraux. La main sur la conscience, qu'on me dise si l'inceste, l'adultère, l'assassinat, le parricide, le fratricide, l'infanticide, le suicide, les poisons, les poignards, tous les crimes, toutes les horreurs, toutes les abominations, ont quelque part joué un plus grand rôle que sur le théâtre classique. Ce n'est donc pas Victor Hugo qui a inventé toutes ces gentillesses, dont l'origine remonte à la plus haute antiquité; car dans tous les siècles les hommes ont été une abominable espèce entre les animaux les plus féroces. Si l'on trouve que de telles représentations n'aboutissent qu'à noircir le caractère national, qu'à familiariser avec les forfaits, qu'à exalter l'imagination par des images atroces, qu'à irriter les cœurs par des commotions aussi inutiles que dangereuses, qu'on réclame alors la fermeture de tous les théâtres; mais qu'on ne prétende pas justifier les classiques aux dépens des romantiques. La part de ceux-là dans la démoralisation générale n'est pas la moindre.

On me parle de naturel, de simplicité: quoi de plus naturel, de plus simple et de plus sublime à la fois que ces belles scènes si passionnées du drame moderne? Ce ne sont pas là des phrases froidement compassées et nivelées d'après les règles de la rhétorique; mais de ces choses qui viennent de l'âme et qui vont à l'âme, qui vous frappent, qui vous émeuvent, qui vous forcent à crier: Grâce! vous n'avez jamais pleuré, vous, en les lisant? Eh bien, j'ai pleuré, moi, j'ai bien pleuré même à cette scène d'un livre de Victor Hugo, où l'on voit une toute petite fille, jolie, fraîche, blonde, aux bras de son père qu'elle ne reconnaît plus, et qu'un mot, un seul mot pourrait consoler de la perte de la vie, ce mot si doux: Papa.

Au contraire, combien la lecture des classiques vous laisse froid! sans l'organe si magnifique, sans le jeu si entraînant de mademoiselle Rachel, qui ne bâillerait à la représentation des plus beaux chefs-d'œuvre Raciniens et Voltairiens? — Est-ce que je dis quelque chose que l'expérience n'ait pas prouvé?

Mais voyez dona Sol, dans *Hernani*. Quel type plus délicieux! Et jusqu'à *Marion Delorme*, cette autre Madeleine réhabilitée par l'amour, quelle création pleine d'intérêt! La sachant si coupable, le poëte a gonflé ses yeux de plus de larmes et son sein de plus de douleurs ; surtout il l'a faite plus belle, afin qu'on lui pardonnât. Aussi, qui ne partage toutes ses angoisses, tous les déchirements de ce pauvre cœur, resté pur sous tant de limon, comme une perle au fond de la mer ?

Vous peut-être, messieurs tels et tels, dignes échos de Gustave Planche, qui daignez pourtant reconnaître par-ci par-là à Victor Hugo quelques beaux vers.

Quoi ! le dédain effleure vos lèvres de son sourire ! Vous riez, n'est-ce pas, de ces situations si dramatiques où le poëte place ses héros! vous riez, en lisant *Notre-Dame de Paris,* de cette magie idéale que le poëte a su répandre sur le front angélique de la Esméralda ? Mais n'est-ce pas, que vous ne rirez point de ce beau discours d'Andromaque à Hector, qu'on a traduit des millions de fois dans toutes les langues, et qui, toujours soumis aux lois de la métempsycose, passe si gracieusement, comme vous savez, des lèvres royales de Didon dans la bouche roturière de la femme d'un perruquier ? Voyez madame *l'Amour* dans *le Lutrin.*

On pousse bien plus loin le ridicule et la barbarie. On va jusqu'à faire un crime à Victor Hugo d'avoir doublé la richesse de notre langue. C'est à lever les épaules que d'entendre la pédanterie des colléges, et des académies, et des gens du monde, traiter de barbares tous ces vieux mots dont la nouvelle école a si bien su raviver l'élégance et la naïveté. Plusieurs avouent hautement n'avoir jamais pu consommer la lecture de *Notre-Dame de Paris.* C'est un livre inintelligible, disent-ils. Et je le crois tel, en effet, pour les esprits frivoles et superficiels; car *Notre-Dame* n'est pas uniquement une lecture attachante, c'est une étude profonde des mœurs et des usages du quinzième siècle, c'est une œuvre de la plus haute portée littéraire, accessible seulement aux intelligences cultivées. Sans doute, pour les esprits accoutumés à la langue transparente, mais incolore et insipide, du siècle passé, le style de *Notre-Dame* doit être pour le moins une chose étrange et difficile. Je m'en étonne d'autant moins, que, pour ma part, tout en admirant ces lignes pures, ces contours harmonieux, ce dessin hardi, ce coloris aux tons vifs et chauds, où l'ombre et la lumière flottent par larges masses, j'avais souvent bien de la peine à saisir l'idée sous la forme. Que de mots inconnus à mon ignorance dont j'étais obligé de chercher l'explication dans les dictionnaires, qui, pour comble de malheur, ne m'apprenaient rien! Que signifie ce mot? demandais-je à M. Landais.—Je n'en sais rien, me répondait-il, je ne l'ai pas trouvé dans Laveaux.

Que signifie ce mot, messieurs Noël et Chapsal? — Nous n'en savons rien, nous ne l'avons pas trouvé dans Laveaux.

Que signifie ce mot, messieurs de l'Académie? Nous n'en savons rien, nous ne l'avons pas trouvé dans notre première édition, que nous copions toujours religieusement.

Par malheur, le dictionnaire de M. Chésurolles n'avait pas encore paru.

J'en étais donc réduit à voler de mes propres ailes.

Mais ce n'est pas une raison pour jeter la pierre à Victor Hugo. Vraiment, qu'il y ait assez d'ingratitude ou de folie pour reprocher à Victor Hugo d'avoir rajeuni, coloré, embelli, doté notre langue, que les mesquines académies laissaient mourir de vieillesse et d'inanition, c'est de quoi vous donner la fièvre.

Et c'est vous, monsieur Gustave Planche, qui vous êtes fait le représentant de cette critique étroite et bornée! Ni vous non plus n'avez compris la justesse, la propriété, l'harmonie, la force, l'éclat de ces mots précis qui n'ont vieilli que par la faiblesse ou la négligence des écrivains! Vous aussi, vous avez fait un crime au génie d'avoir remis la langue en fusion, et de l'avoir si magnifiquement transformée! Vous aussi, vous avez condamné le fruit de tant de veilles précieuses! Vous aussi, vous avez traité de barbares ces expressions refondues ou créées qui s'adaptent si bien au sens!

Mais c'est à n'y plus tenir. Qui? des nains, des pygmées, s'attaquer à Victor Hugo! Invisibles Lilliputiens, que peuvent-ils attendre de leurs efforts? pour les broyer et pulvériser, le géant n'a qu'à faire un pas. Tenez-vous donc à l'écart, ne lui chatouillez pas ainsi la plante des pieds; prenez garde qu'il ne vous renferme tous dans sa peau de lion. Ne heurtez pas contre le roc votre tête fragile. Vivez, maîtres, car vous aimez la vie, la vie matérielle, vous qui ne comprenez pas l'âme de Quasimodo, cette âme si belle dans un corps si laid, ni la candeur touchante de la vierge de *Notre-Dame;* vous qui traitez la sublime poésie de Victor Hugo d'*incompréhensible*, de *fantastique*, parce que vous ne la voyez qu'à travers l'épais néphélion qui obscurcit votre vue, parce que vous êtes myopes.

N'est-ce pas une chose vraiment pitoyable que d'entendre ainsi déprécier les merveilles de notre littérature? De bonne foi, l'on préfère J. B. Rousseau à Victor Hugo, Campistron à Alexandre Dumas, Deshoulières à Desbordes Valmore, Boileau à Auguste Barbier, Delille à Lamartine, Bernis, Colardeau, Dorat, Gresset, Voltaire, Piron, Boufflers, Bertin, Parny, tous ces cyniques versificateurs, qui ne rachètent que par l'impudeur l'absence de l'inspiration, à tant de jeunes et brillants poëtes de notre époque, qui, à l'exemple de Chateaubriand, de Lamartine, de Victor Hugo, ont montré que la harpe de David vaut bien la lyre païenne!

Non, ceux-ci sont les vrais démoralisateurs, tandis que les Piron, les Gresset, les J. B. Rousseau, les Voltaire, les Parny, sont des modèles de piété et de chasteté, à qui il faudra bientôt pratiquer de petites niches à côté de nos saints les plus saints.

Victor Hugo, disent-ils, *mériterait d'être fouetté sur la place publique, pour avoir deshonoré, comme il l'a fait, la mémoire de Marie de Neubourg* (1). Merci du peu. Ils prête-

(1) Historique.

raient même volontiers la main à cette sanglante exécution.

Mais en quoi le poëte a-t-il déshonoré la mémoire de Marie de Neubourg ? Est-ce en éclairant le cœur de cette pauvre reine oubliée, délaissée, minée par l'ennui, non pour un valet, comme le crient bien haut l'envie et la calomnie, mais pour don César de Bazan, duc d'Olmédo, grand d'Espagne de première classe, homme de cœur et de génie? Si, pour dramatiser un sujet historique, le poëte ne peut se permettre une semblable hypothèse, le poëte n'a qu'à se pendre. On oublie donc cette antique loi sur laquelle ont passé plus de dix-huit siècles, sans en altérer la force et la vérité:

> Pictoribus atque poetis
> Quidlibet audendi semper fuit æqua potestas.

Ce qui signifie pour ceux qui ne savent pas le latin, que les peintres et les poëtes ont incontestablement le droit de supposer tout ce qui est raisonnable.

Or, cet amour de la reine me semble si raisonnable, qu'il n'est peut-être pas de vierge candide, d'épouse chaste et dévote, de religieuse austère et sacrée, qui n'ait une fois en sa vie éprouvé secrètement pour un homme bon et généreux, souvent même pour le directeur de sa conscience dont elle ne saurait assez admirer les vertus sublimes, un de ces purs sentiments de tendre et mystérieuse sympathie dont Marie de Neubourg se sent éprise au fond du cœur pour un noble et grand caractère qu'elle regarde comme l'unique salut de l'Espagne: cette vierge, cette épouse, cette religieuse, sont-elles pour cela déshonorées et flétries?

Ce qui les rend si furieux, c'est peut-être ce noble et grand caractère prêté à un homme du peuple plutôt qu'à un grand seigneur; mais tant pis pour ceux qui ne savent pas encore, après tant de leçons, séparer l'homme de son or, ou de son nom, ou de son habit ! Leur animosité va si loin qu'abstraction faite du poëte dramatique, ces intrépides vengeurs de la morale outragée ne me pardonnent pas même mon admiration naïve pour l'auteur des *Odes et Ballades* et des *Feuilles d'Automne*, ces poésies si pures, si chrétiennes, qui sont comme un reflet du ciel. Ils veulent bien oublier les infamies de toute sorte dont Voltaire a souillé sa plume, en faveur de son théâtre, *si conforme aux règles du goût, si exempt d'horreurs, si moral*, à leur sens. Mais Victor Hugo ne mérite pas la même indulgence. Ils ne pardonnent pas au poëte moderne ses généreuses sympathies pour la vertu pauvre et souffrante qu'on foule aux pieds, ni ces justes anathèmes contre le vice effronté qui se pavane aux premières loges de l'Opéra, dans les salons dorés du grand monde, sous les riches habits brodés d'or, sous la soie, la gaze ou le cachemire; ils traitent tout cela de stupides doléances; ils blâment le poëte de ce qu'il ne trahit pas sa mission sublime, de ce qu'il sympathise de toutes ses forces avec la douleur, plutôt que de se faire le plat courtisan de la fortune et de la puissance, le lâche panégyriste de tous les grands vols impunis des heureux du monde; ils ne comprennent pas que la poésie doit être l'écho sonore et vivant de toutes les infortunes; qu'elle doit être à la fois un panthéon et un pilori: le panthéon de l'héroïsme et de la vertu, le pilori de la bassesse et du vice. Ils nous ont imputé à crime notre *Livre de tous*, malgré l'approbation accordée à ce livre par un des prêtres les plus saints, les plus vénérés, les plus profonds, les plus érudits de Paris, M. l'abbé Badiche, dont le nom est un panégyrique et une autorité. Il est vrai que, dans ce livre, nous ne mettons pas sous leur coude un coussin moelleux, ni sous leur tête un doux oreiller, pour leur débiter ensuite à genoux des choses flatteuses: nous y osons dire la vérité; nous osons y rappeler, sans l'affaiblir, la morale sévère du Sauveur du monde. Le *Livre de tous*, en effet, n'est doux et flatteur que pour ceux qui souffrent, que pour ceux qui ont besoin de consolations, qui ont besoin d'apprendre à se résigner aux courtes déconvenues de ce monde.

La société demande au poëte de quel droit il vient déchirer le voile qui couvre ses turpitudes, ses ridicules. Que ne se renferme-t-il, en effet, dans les limites tracées par ses devanciers? Que ne choisit-il des sujets qui ne heurtent ni les hommes ni leurs actions? Au lieu de ces plaintes, de ces cris, de ces anathèmes juvénaliens qu'une critique absurde flétrit du nom de *poésie intime*, comme si cette poésie n'était pas la plus vraie, la plus sainte, la plus sublime, celle de David et des prophètes; au lieu de ces vérités stridentes qui blessent les oreilles délicates de l'opulence, que ne rime-t-il des églogues et des idylles? Oui, que ne vise-t-il à amuser, plutôt qu'à frapper, qu'à instruire? Que ne poursuit-il son noble rôle de bouffon?

O Segrais, ô Racan, qu'êtes-vous devenus?
O bergers damerets, élégantes bergères,
A la taille svelte et légère,
Êtes-vous, êtes-vous pour jamais disparus?

Mais si c'est là ce qui vous délecte, mes beaux messieurs, que ne quittez-vous les salons dorés? Que ne remplacez-vous par des pastorales en action celles que vous ne trouvez plus dans les livres? Hâtez-vous, prenez la houlette et le chalumeau, et, vous couchant mollement sous le cintre d'un hêtre touffu, faites retentir les échos d'alentour du tendre nom d'Amaryllis. Courez donc, courez vite vous enivrer des parfums d'étable et de bergerie.

Quoi! toujours Flore, toujours Pomone; et personne pour me décrire une scène de place publique, une scène de tumulte et de foule, si riche d'intérêt et de variété; personne pour me représenter le drame sublime de l'âme humaine, si fécond en touchantes péripéties!

Allons donc! On en a par-dessus les yeux.

Non, plus de ces insupportables fadeurs; plus de ces froides et insipides allégories.

Le siècle est fort et vigoureux : il ne tâtonne plus à la clarté tremblante des pâles veilleuses; il marche d'un pas assuré sous la gerbe enflammée des volcans.

Et c'est vous, monsieur Gustave Planche, c'est vous qui vous êtes un jour mis en tête de l'arrêter, ce siècle géant et impétueux! Vous prétendez le conduire et le diriger! Prenez pitié de vous-même, mon cher monsieur, et n'allez pas témérairement vous jeter sous la roue; car à peine pourriez-vous, frêle obstacle, imprimer au char un cahot sensible.

Poursuivez donc votre course, astres sublimes, comètes échevelées; et ne vous inquiétez pas des vaines criailleries de la foule, qui vous contemple avide et béante. La fange qu'elle vous jette ne peut vous atteindre.

Ah! monsieur Gustave Planche, n'avez-vous fait qu'obéir à l'impulsion de votre conscience, en déclarant la guerre aux plus grandes gloires de notre époque, et présentant ainsi un drapeau de ralliement aux velches de tous les pays? Je crois plutôt à votre amour pour les aventures.

Allons, mon beau chevalier errant, noble don Quichotte, levez la visière de votre casque, et laissez-nous contempler votre auguste visage.

Je savais bien, moi, que vous n'êtes ni Prussien, ni Cosaque, ni Turc, ni Bédouin, ni Patagon; vous êtes Français, c'est-à-dire, romantique. Vous avez dû l'être du moins autrefois. Faudra-t-il vous traiter de transfuge et de renégat? Je conçois que la soif de la renommée vous ait occasionné un moment de vertige; mais que vous persistiez de sang-froid dans une entreprise si peu glorieuse, je vous estime trop pour le croire. Quoi! vous n'auriez profité des leçons de vos maîtres que pour en faire un si perfide usage! Vous n'auriez appris la discipline française, c'est-à-dire romantique, que pour la transporter à nos ennemis! Mais savez-vous bien que ce serait infâme?

Qu'est-ce que je dis? Qu'est-ce que je fais? Qui? moi, pauvre *Acis*, faible et sans armes, moi parler ainsi à Gustave Planche, ce prince des cyclopes, ce redoutale Polyphème! O mon Dieu, mon Dieu, faites que j'aie rêvé. Et que m'importe, à moi, misérable et obscur, que les puissances ne soient pas d'accord, que les empires s'ébranlent, que les trônes se déracinent, que le champ de la littérature soit tout en feu? Est-ce à moi qu'il appartient d'intervenir dans ces grandes querelles? Qu'ont-ils besoin de moi, les romantiques, pour se défendre, et pour renverser les obstacles que leur opposent l'ignorance enténébrée des pédagogues et les petites délicatesses des gens du monde!

A quoi ai-je donc songé en interpellant d'aussi rudes jouteurs que J. J. et Gustave Planche! Dire que j'aurai si gratuitement encouru votre indignation, mes maîtres!!

Que diable aussi faites-vous tant de bruit sur vos lourds tréteaux? Les badauds sont en grand nombre, vous le savez; et moi, j'ai fait comme tout le monde, je suis venu voir paillasse et Pierrot. Ensuite, prenant au sérieux leurs bouffonneries, je suis monté sur les planches pour me mesurer corps à corps avec eux; et, sans doute, le public aura ri de mon ingénuité provinciale.

Au diable la curiosité!

Allons, messieurs, franchement, n'ai-je pas deviné votre intention? N'est-il pas vrai que vous n'avez pour unique but que de faire un peu de bruit pour amasser la foule autour de vous? Vous voulez avant tout qu'on vous aperçoive. Les Homères font les Zoïles, c'est tout simple. C'est pourquoi, ne pouvant de vous-mêmes donner aucune lumière, vous vous placez, corps opaques, devant le soleil, afin qu'au moins votre ombre soit remarquée. Dans votre ambition démesurée, si vous n'étiez pas J. J. et G. Planche, chacun de vous ne serait pas fâché d'être Jupiter, surtout en ce moment pour m'exterminer d'un coup de foudre. Heureusement que vous n'avez pas des mains à manier le tonnerre. Écoutez-moi donc. Le poste que vous occupez est dangereux. Le public, las enfin de vous trouver toujours devant sa lumière, pourrait bien vous en écarter plus brusquement que vous ne voudriez. Les éclipses n'amusent qu'un moment. Profitez de l'avis, mes maîtres, si vous ne voulez vous attirer quelque catastrophe; et n'oubliez pas qu'un faible ennemi peut être parfois un bon conseiller. Surtout ne me gardez point rancune de ceci; car j'estime vos talents et vos personnes autant qu'ils sont estimables; et s'il vous arrivait jamais, comme au lion de la fable, de tomber dans des rêts un peu compliqués, c'est de bon cœur que je voudrais être là, moi souris, pour ronger les mailles.

LETTRE A M. L. N.

Mon cher Monsieur,

J'ai lu votre article : *les Classiques et les Romantiques*, et tout ce que j'ai à vous en dire, c'est que vous êtes damné, trois fois damné, mon pauvre garçon! Je vois déjà toutes vos victimes, en tête J. J. et G. Planche, qui accourent, avec tous les instruments de l'enfer, vous démolir pièce à pièce, et vous jeter ensuite dans la fournaise ardente de leur implacable vengeance. Voilà ce qu'il en coûte de crier trop haut.

Et nunc intelligite, reges, erudimini, qui judicatis terram.

L'enfer et ses festins de crapauds, de lézards et de crocodiles, l'enfer et ses lits de serpents à sonnettes, et ses couvertures de lave, et ses rideaux de flamme éternelle. Voilà votre lot, voilà votre partage.

I, i, maledicte, in ignem æternum.

Vous avez trop d'esprit pour aller ailleurs. Le royaume des cieux n'est pas pour ceux qui manient si méchamment, si énergiquement et dans un style aussi large, aussi correct, aussi dégagé, aussi pervers, aussi parfaitement diabolique, le fouet de la satirique colère. Et dire qu'avec cet esprit-là vous cherchez à vous brouiller avec Voltaire et consorts!

O miseras hominum mentes, ô pectora sæca !

On ne sera donc jamais trahi que par les siens.

Bonne chance.

Votre ami,

ANTONIN ROQUES.

A MON AMI ANTONIN ROQUES,

EN RÉPONSE A LA LETTRE PRÉCÉDENTE.

Sous l'éclair de ta menace
Mon sang reflue et se glace,
Je frissonne de terreur.
Comment tromper la fureur
Des chiens lancés sur ma trace?

Vil esclave de la peur,
Irais-je leur crier : Grâce!
En léchant leur pied vainqueur?

Ami, tu connais mon cœur :

Ne crains pas cette bassesse
De celui dont la tendresse
A consolé la douleur.

Mais, après tout, qu'ai-je à craindre
De nos tyrans ténébreux?
De quel coup si douloureux
Leurs bras peuvent-ils m'atteindre?

En brisant le joug affreux
Qui pesait sur mon front blême,
Je m'expose à l'anathème
De tous ces nains furieux
Et pleins d'écume : tant mieux!

Certainement je préfère
A leur dédain leur colère.
Vois-tu, colère ou dédains
De leur part, c'est de l'eau claire
Dont je me lave les mains.

Ces Mirmydons, je les brave.
Tout aggrave et réaggrave
De leur part, oui, sans pâlir,
Je suis prêt à les subir.

Liberté, nom doux et grave
Qui remplit tout l'avenir,
Que par toi mon sort s'aggrave
Ou qu'il vienne à s'adoucir,
Qu'importe? Mieux vaut souffrir
Libre, que souffrir esclave.

De deux maux, la liberté
Ou le joug, en vérité,
La liberté, c'est le moindre.

Mais avec toi pourquoi feindre?
Oui, mon ami, j'ai compté,
Je te l'avoue à ma honte,
— Sur leur générosité,
Non, — Mais sur leur vanité,
Qui de moi ne fera compte.

Un boule-dogue aurait honte
De porter le moindre coup
Au caniche qui l'affronte.

Ce qui me charme beaucoup;
Car leurs dents sont dents de loup,
Pour lesquelles tout est proie,
Mensonge, erreur, vérité,
La douleur comme la joie,
L'esprit comme la beauté.
Ni la plus pure mémoire,
Ni la vertu, ni la gloire
Aux lauriers si douloureux,
N'ont rien de sacré pour eux.
Ils tendent sur tous leurs toiles.

Par bonheur qu'à leur réveil,
Leurs yeux, jaloux du soleil,
Ne songent pas aux étoiles.

La tête en l'air, sur leurs pas
Ils ne m'aperçoivent pas;

Et nous n'aurons pour réponse,
— Ce qui n'accroît pas d'une once
Notre fardeau douloureux, —
Qu'un silence dédaigneux :
Réponse de noble comte
Au roturier insolent[1],
Qui vient lui demander compte
De quelque outrage sanglant.

LETTRE A M. L. N.

VIENNE, 29 *Mai* 1843.

MONSIEUR,

Si je suis un critique dur, impitoyable, poussant la franchise jusqu'à l'excès, je n'en suis pas moins un de vos admirateurs.

Je me réjouis sincèrement de vos succès ; vous ne sauriez en douter. J'ai eu l'imprudence de vous rapporter que deux ultra-classiques avaient fait quelque peu la moue en lisant vos belles poésies, si riches en sentiments, si pleines de pensées neuves, originales : eh bien, voici un suffrage éclatant qui compense amplement leur critique. Mon frère me mande que votre envoi a fait grand plaisir à la princesse, et que vos *Deux Merveilles* lui ont beaucoup plu. Elle désire relire les *Amertumes et Consolations*, et mon frère m'enjoint de les lui envoyer de suite.

Jouissez, mon cher Monsieur, de cet hommage rendu à votre talent. Il est d'autant plus flatteur que la princesse a une réputation d'esprit incontestablement établie.

Pour ma part, je suis heureux de pouvoir ainsi faire amende honorable, après l'algarade d'hier.

Tout à vous de cœur.

J. B. SCH.

A MON AMI J. B. SCH.,

EN RÉPONSE A LA LETTRE PRÉCÉDENTE.

VIENNE, 30 *Mai* 1843.

Le style précis est ton fort,
Et tu hais les longues ambages
Autant que J***** hait la vérité; d'accord.
Voici donc en deux mots ce qui, sans grand effort,
Pourrait bien remplir quatre pages.

D'abord rassure-toi; seul, errant loin du port,
Depuis longtemps en proie aux tempêtes du sort,
Je ne suis plus de ceux à qui tout fait ombrage,
Et qui sous tous les mots entendent un outrage.
Va, ta critique, à toi, n'a rien, sous sa candeur,
Qui de notre amitié puisse altérer la fleur.

Celle de tels et tels, — insipide ramage
D'oiseaux sans ailes, pris dans une étroite cage,
A qui Boileau, ce dur geôlier de la raison,
Mesure avarement le ciel et l'horizon,
Ne m'afflige pas davantage.
Bien plus haut que le leur, je place le suffrage
D'un Iroquois ou d'un Huron.
L'oreille de Midas n'est pas pour Apollon.

Mais je n'en suis pas moins sensible à ton hommage.
Ta lettre, gracieux message

D'une âme noble vers une autre âme, sa sœur,
Est dans mon ciel, où gronde un éternel orage,
    Le soleil après un nuage;
Et je t'en remercie, ami, du fond du cœur.
L'éloge après le blâme en a plus de saveur.

De celui qui voit tout admire la sagesse.
Vois comme il fait toujours succéder l'allégresse
        Aux tribulations.
Tu me dis que mes vers ont charmé la princesse.
    Pour une goutte de tristesse
N'est-ce pas une mer de consolations?

Un tel suffrage, plein de célestes rayons,
Suffrage auguste, dont toute âme serait fière,
De ma vie, inclinée au vent des passions,
    Redresse la fleur solitaire.

Tu penses qu'à mes yeux, il étouffe et fait taire
L'orage le plus gros de profanations,
De critique insensée et de sottise amère;
Et qu'il ferme mon âme aux agitations
    Du paradis et du parterre.

Tel un concert du ciel couvre un bruit de la terre.

A M. PONSARD,

LOUÉ MÊME PAR J. J.

> Faire sortir les ours de leur caverne noire,
> En agneaux caressants transformer les lions,
> O poëtes ! voilà la véritable gloire.
>
> TH. GAUTIER.

Toi, jeune aigle, qui bois dans une coupe d'or
L'enivrant nectar de la gloire,
Et dont tant de splendeur illumine l'essor,
Applaudis-toi de ta victoire,
Et de l'Odéon, ton Thabor.

Certe, avoir, comme Orphée, avoir ému Cerbère
Au noir seuil de l'enfer,
C'est plus que d'avoir fait pleurer une panthère,
Que d'avoir attendri les rochers et le fer,
Que d'avoir fait danser le sable du désert.

Toutefois, daigne entendre une parole austère.
La gloire, cette mer mobile et mensongère,
Te berce et te caresse entre tous ses élus;
Au milieu des parfums de la brise légère,
Son flux te porte vers la terre
Mais prends garde au reflux.

A MON AMI ÉDOUARD LEGRAND.

Est-ce à toi qui connais mon cœur
De me reprocher mon aigreur ?
Mon Dieu! je suis la douceur même ;
Mes vers et ma prose en font foi.

Je suis, — comme disait feu le baron S***,
Fier de son calembour plus que Janin lui-même
Ne l'est de sa marotte, ô vanité suprême! —
Tout sucre et tout *lait.* Seulement
Tu sais bien que le lait s'aigrit facilement.

Ne t'en prends donc qu'à ceux qui font de moi leur proie ,
Qui brisent mon cœur à plaisir :
A force de me faire endurer et souffrir,
Ils m'ont précipité dans la fatale voie,
Hélas! où tu me vois courir.

Toutefois, pour si peu n'entre point en colère.
Ceci, vois-tu, n'est que du miel,
Qu'un doux brin de mon savoir-faire.
Pour lâcher l'écluse de fiel,
J'attends : je sème bien quelques éclairs au ciel,
Mais, patient et bon, je retiens mon tonnerre.

FIN.

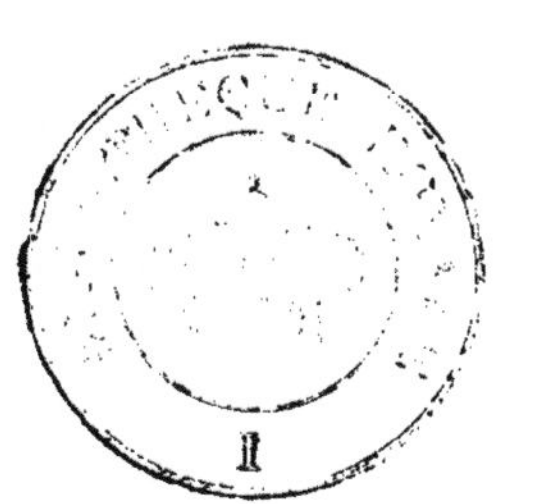

OUVRAGES DU MÊME AUTEUR.

Ouvrages déjà parus :

AMERTUMES ET CONSOLATIONS,

POÈME.

1 Vol. in-18, 3e édition, augmentée de près de deux mille vers.

Bruxelles, HAUMAN et Ce.

(Il reste huit exemplaires de la première édition, lesquels se trouvent chez M. Cordier.)

LE LIVRE DE TOUS,

Ou Foi, Espérance, Charité.

1 Vol. in-18. — Paris, DEBÉCOURT, rue des Saints-Pères; Bruxelles, PÉRICHON.

MES PRISONS,

PAR SILVIO PELLICO,

Avec une Introduction bibliographique de MARONCELLI, et le **Fac-Simile** d'une lettre autographe de SILVIO PELLICO;

TRADUCTION NOUVELLE, 1 vol. in-18, 2e édit. Bruxelles, HAUMAN et Ce.

DES

DEVOIRS DES HOMMES,

PAR SILVIO PELLICO.

TRADUCTION NOUVELLE, 1 vol. in-18, 2e édition, Bruxelles, HAUMAN ET C.

Pour paraître prochainement :

FLEURS DU DANUBE,

Poésies et prose, 1 vol.

MÉTHODE DU GENRE,

Ou le genre des Substantifs Français assujetti enfin à des Règles précises ;

Méthode d'après laquelle on connaît le genre des quelque quatre-vingt mille Substantifs de la Langue Française par l'usage seul de mille à douze cents, ce qui fait dix exceptions à peu près sur huit cents ; — avec des notes critiques, et de nombreux exercices constituant un beau **RECUEIL DE MAXIMES MORALES**, un vrai **DICTIONNAIRE DE PENSÉES** ; — Ouvrage surtout utile à l'étranger, pour qui le genre des Substantifs Français est d'une si grande utilité. — 1 vol.

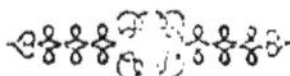

MÉTHODE NOUVELLE

DE

LECTURE ET DE PRONONCIATION,

Incontestablement supérieure à celle de M. l'abbé Gaultier, et qui, quant à la prononciation, met complétement au néant le système de Napoléon Landais, système sur lequel est pourtant fondé le principal mérite de son Dictionnaire ; avec de nombreux Exercices. — 1 Vol.

NOUVEAU DICTIONNAIRE

DE LA LANGUE FRANÇAISE.

ERRATA.

Page 1, ligne 14 : beschœ-ftigt........... lisez............ beschœf-tigt.

Page 3, ligne 10 : werdienst............. lisez.............. Verdienst.

Page 4, ligne 5 : dicser.................. lisez................ dieser.

Ibid. ligne 10 : dassein................ lisez...............dass ein.

Ibid. ligne 11 : *iez*..................... lisez.................... *ier*.

Ibid. ligne 13 : vozzen's................ lisez............... vossen's.

Ibid. ligne 17 : izt .... lisez.................... ist.

Ibid. vers 13 : capable................. lisez...............capables.

Page 9, vers 34 : Fier tour.............. lisez.............Fière tour.

Page 11, ligne 7 : ALVEOLO................ lisez............... ALVEOLI.

Page 13, ligne 12 : comme on le dit...... lisez...........comme on lit.

Ibid. 2e colonne, lig. 43 : massorath.... lisez............... massorah

Page 14, 2e colonne, ligne 38 : *sentaure* .. lisez............... centaure

Page 15, ibid. lig. 42 : notoptégyriens. lisez.......... notoptérygiens.

Page 17, ibid. lig. 41 : luch-saphis.... lisez ....luch-saphir.

Ibid. ibid. lig. 62 : cérosyle....... lisez................ ceroxyle.

Page 18, ligne 6 : minosa .... lisez .... mimosa.

Page 19, 2e colonne, ligne 28 : *orthodron*.. lisez............Orthodoron.

Ibid. 2e colonne, ligne 56 : PARABOLLÔ .. lisez .... PARABALLO.

Page 20, 2e colonne, ligne 27 : ou bien *j'assiége, j'allége*. lisez............ ou bien *j'assiége, j'allége*.

Page 21, ligne 17 : cependant il donne.... lisez.... cependant ils donnent.

Ibid. ligne 49 : espèce.................. lisez ....espace.

Page 22, ligne 53 : analogie .... lisez .... analogue.

Page 22, 2e col., lig. 33 : *riticule* pour *réticule*. lisez.. *ridicule* pour *réticule* (sac).

Page 24, Ibid. 9 : *commence à bien*.... lisez...... *commence à se bien*.

Page 41, ligne 2 : qu'un livre............. lisez .... qu'une livre.

Ibid. ligne 4 : empathique............. lisez............. emphatique.

Ibid. ligne 19 : demandez............. lisez .... demander.

Page 43, ligne 19 : où l'on appecie....... lisez......... où l'on apprécie.

Ibid. ligne 20 : M. Saphis............. lisez .... M. Saphir

Ibid. ligne 22 : ibid. .... lisez............... ibid.

Page 44, ligne 6 : M. Bouzenol.......... lisez............ M. Bouzenot.

Page 46, lig. 5 et 6 : daignent............ lisez .... daignant.

Page 51, ligne 27 : *Fingerland*..... ..... lisez .... Fingerlang.

Page 53, lig. 13 : pas trop érotiques...... lisez....... par trop érotiques.

Page 56, lig. 27 : de quoi excuser........ lisez......... de quoi exercer.

Page 62, l. 27 et 28 : Ni vous non plus n'avez. lisez. Vous aussi, vous n'avez pas.

Page 67, lig. 24. Je savais bien, moi, que vous n'êtes.... lisez. Je savais bien, moi, que vous n'étiez.

Page 68, ligne 3 : redoutale............. lisez.............. redoutable.

Page 70, ligne 40 : *saca !*................. lisez.................. *cacca*

Page 72, vers 23 : Ils tendent sur tous.... lisez..... Ils tendent sur tout

Ibid. vers 28 : Ils ne m'aperçoivent pas. lisez.. Ils ne m'apercevront pas.

Page 73, lig. 16 : incontestablement établie. lisez. incontestablement acquise

Page 80, lig. 3 : Poésies et prose, 1 vol.... lisez.... Poésies et prose, 2 vol.

Ibid. lig. 12 : l'une si grande utilité.... lisez.. d'une si grande difficulté

www.ingramcontent.com/pod-product-compliance
Ingram Content Group UK Ltd.
Pitfield, Milton Keynes, MK11 3LW, UK
UKHW020942180726
13838UKWH00003B/1075